Louis Saïs

La Lyonnaise

*Faut-il une longue cuillère
pour souper avec le hasard ?*

© 2018, Louis Saïs
Édition : BoD – Books on Demand,
12/14 rond-point des Champs-Élysées 75008 Paris
impression : BoD - Books on Demand, Norderstedt, Allemagne

ISBN : 978-2-322-12011-6

Dépôt Légal : Avril 2018

1

Ils s'étaient rencontrés un soir au bord de la route le jour où la voiture d'Antoine avait fait son caprice et avait décidé qu'elle n'irait pas plus loin.

Antoine n'aurait jamais imaginé qu'elle puisse lui jouer un si mauvais tour, lui, qui l'entretenait régulièrement comme une maîtresse. Elle n'avait jamais manqué de rien, il était prévenant, anticipait tous ses désirs, il ne la forçait jamais ; au moindre signe il consultait, la faisait éventuellement soigner, toujours au même endroit, toujours par le même spécialiste. Il n'attendait même pas qu'elle fasse un petit signe de couleur orange pour signaler qu'elle avait soif, il faisait le plein bien avant qu'elle ne se plaigne. Toujours une boisson fraîche de première qualité qui n'avait pas traîné ; il la prenait là où le débit était important. Elle avait donc des faiblesses cachées, cette voiture, des faiblesses de naissance, que d'autres connaissaient certainement et qu'on lui avait cachées en espérant que la loi des séries ne s'appliquerait pas à celle-ci. Sans aucun signe précurseur, sans même avoir toussé, sans jamais avoir manifesté la moindre plainte ni allumé le moindre voyant rouge, ne serait-ce qu'un instant, elle avait profité de ce court arrêt, au bord du chemin, pour afficher son ingratitude et s'immobiliser.

Il avait beau tourner la clé, essayer de klaxonner, d'allumer les phares, d'actionner les essuie-glaces, en vain, rien ne fonctionnait. C'était la panne générale électrique, comme si son cœur s'était arrêté, comme si on lui avait volé sa batterie pendant qu'il lui tournait le dos, un bref instant seulement.

On ne pourrait pas imputer une part de responsabilité à Antoine c'était la panne qui ne porte pas de nom la panne des voitures bichonnées, aimées même, celles qui ont tiré le gros lot en ce qui concerne leur propriétaire. Celles qui seront neuves longtemps et qui vieilliront tout doucement sans que l'on soupçonne leur âge et dont on se séparera un jour à regret comme d'un parent âgé avec qui on hésiterait à entreprendre un long voyage de peur qu'il n'ait un malaise en cours de route.

Pour l'instant, il était simplement arrêté au bord du chemin et les occupants des voitures qui passaient ne pouvaient pas deviner qu'il était immobilisé à côté d'un tas de ferraille inanimé.

Il attendit un moment, la laissa refroidir, essaya à nouveau, pensant à ces ordinateurs capricieux qui se remettent à fonctionner, après une pose, sans que l'on sache pourquoi. Car Antoine était informaticien et il connaissait les caprices de ces objets que personne ne maîtrise vraiment.

Il aurait dû savoir pourtant que toutes ces machines, bien qu'elles présentent parfois les mêmes symptômes, n'ont pas des maladies identiques et ne se soignent pas de façon identique. L'insistance amicale, la sollicitation répétée avec calme et sérénité fonctionnent parfois avec les ordinateurs mais jamais avec les voitures.

Mais la voiture était logique avec elle-même : si elle s'était arrêtée, elle avait une bonne raison et demandait une aide qu'il était incapable de lui apporter.

Si au moins elle avait pu parler ! Elle était capable de capter Radio Tirana, de jouer du Bach, de sonner lorsqu'elle voyait un radar, mais elle n'était pas fichue de dire où elle avait mal. Un comble !

Il devait donc appeler. Il avait bien son portable, c'était un fanatique du portable, un modèle très sophistiqué qui lui permettait de connaître l'état du ciel, l'altitude du lieu, le montant de son compte en banque et mille autres choses encore mais il en avait tellement usé et même abusé durant la journée que ce dernier, lui aussi, refusait de travailler au-delà d'un horaire raisonnable.

Il fit donc de grands signes, avec les bras, aux voyageurs qui passaient, comme on l'aurait fait cent ans plus tôt sur un grand chemin boueux à travers bois, à côté d'une roue de calèche cassée, alors qu'aucun autre moyen de communication n'avait encore été inventé. Mais les véhicules roulaient trop vite, on ne l'apercevait qu'au dernier moment et quelques dizaines de mètres plus loin, il était impossible de s'arrêter. D'ailleurs, en avaient-ils envie ? Qui aurait pu imaginer qu'il avait épuisé la batterie de son portable en racontant des fadaises toute la journée ? S'ils avaient su, ils se seraient souvenus d'une fable, apprise à l'école quelques décennies plus tôt, et auraient souri en se disant :

« Il a « chaté » toute la journée, eh bien qu'il danse maintenant. »

Mais la faute d'Antoine était vénielle, elle ne justifiait pas qu'il passe la nuit sur le bord du chemin, car il y a une justice quelque part, même si certains en doutent, et au loin, à plus de cent mètres, il vit un clignotant s'allumer et une voiture ralentir : Il allait être sauvé.

La voiture s'arrêta à deux mètres de lui et avant même de descendre, le conducteur alluma ses feux de détresse car le soleil était déjà couché.

Antoine tourna de nouveau la clé pour bien montrer à son sauveur qu'il ne se passait rien.

— Faites voir ; levez le capot ! ordonna l'inconnu.

Le capot ouvert, l'inconnu regarda attentivement le moteur comme s'il y connaissait quelque chose. Antoine aussi regarda mais ne sachant pas ce qu'il fallait voir, ne demanda rien.

Le moteur était toujours là. C'est la seule conclusion qu'ils purent en tirer puisque aucune mauvaise odeur de brûlé ne s'en dégageait et aucune fumée n'était visible.

On referma le capot et l'inconnu demanda à Antoine d'essayer encore une fois. Comme si la voiture, humiliée que deux hommes aient regardé son intimité, s'était résolue à ne plus faire de manières.

Devant l'obstination résolue de la dame, il fallut employer les grands moyens. L'inconnu prit son portable gonflé à bloc et fit le numéro du service de dépannage de la marque.

Antoine le remercia, que pouvait-il dire d'autre ? Il attendrait le camion ; « moins d'une heure » avait-il entendu. Mais l'autre ne semblait pas pressé de repartir. Il commençait à faire sombre.

— Mes feux de détresse nous signalent, j'attendrai avec vous, j'ai le temps.

Antoine se confondit en remerciements, encore une fois. Il savait bien que personne n'a vraiment le temps mais il avait devant lui quelqu'un décidé à aider son semblable ce qui lui réchauffa le cœur et lui rendit la situation où il se trouvait tout à fait supportable.

Existe-t-il encore des gens serviables ? se demanda-t-il. Ils se font rares, c'est la vie moderne qui veut ça.

Il ne put s'empêcher de signaler à son sauveur, que des dizaines de véhicules n'avaient même pas ralenti. « Dans quel monde vivons-nous ? » avait-il médité à haute voix.

Mais l'autre n'en rajouta pas, comme si cela allait de soi, comme s'il s'était fait une raison depuis longtemps. Était-il totalement blasé ou bien pensait-il que cela n'était pas son problème ?

Pendant la petite heure qui devait précéder l'arrivée de la dépanneuse, un tas de réflexions contradictoires passèrent dans la tête d'Antoine. Il s'étonna d'être tombé sur quelqu'un d'aussi serviable. Cela n'existe pas, des inconnus totalement serviables. Un peu, oui, c'est bien, on devrait tous s'entraider un peu, mais autant, lui paraissait sinon suspect du moins déconcertant. L'inconnu parlait peu comme s'il avait voulu, d'abord, bien cerner le caractère de celui à qui il avait proposé ses services. Il se contentait le plus souvent d'écouter Antoine qui se sentait obligé de parler pour éviter que des temps morts ne s'installent entre eux deux et que son sauveur ne finisse par l'abandonner au bord de la route. A mesure qu'il parlait, il se demandait si l'autre l'écoutait vraiment ou bien s'il faisait seulement semblant ? Pourquoi aurait-il simulé l'intérêt qu'il semblait porter aux paroles d'Antoine ? Avait-il une idée derrière la tête ? Pourtant, rien ne laissait présager qu'il préparait un coup. Antoine se sentit un peu honteux d'avoir de telles pensées. L'inconnu avait-il vraiment appelé un dépanneur ? Il n'en doutait pas, il avait bien entendu la voix qui estimait le temps d'attente à environ une heure. Cependant, par précaution discrètement, il regarda le numéro d'immatriculation et l'apprit par cœur en le répétant plusieurs fois dans sa tête. Comme ça, juste comme ça, sans arrière pensée avouée ou apparente.

L'autre savait maintenant qu'Antoine était célibataire, que sa situation n'était pas mirobolante, qu'il avait changé plusieurs fois de métier et qu'actuellement il vivait seul. Mais il y a tellement de gens qui se trouvent dans cette situation. Antoine jugea son cas d'une extrême banalité et s'étonna encore une fois de l'attention que l'autre lui portait.

La dépanneuse arriva bien comme prévu. Il n'y avait donc pas de coup tordu. Il faisait nuit maintenant et, une fois la voiture embarquée, l'inconnu proposa à Antoine de le ramener chez lui.

*

Antoine n'avait pas pu faire moins que d'inviter Casual à déjeuner dans un restaurant agréable. C'est ainsi que s'appelait l'inconnu qui l'avait secouru. Il lui avait laissé sa carte de visite : « P. Casual », et en dessous, un numéro de téléphone, comme s'il n'avait pas d'adresse fixe ou s'il ne voulait pas qu'on aille le voir chez lui. Cela étonna Antoine, une carte de visite sans adresse, mais, après tout, tous les commerciaux ont ce type de cartes de visite, à la différence qu'ici aucune firme commerciale n'était indiquée. Il se dit alors que Casual était peut-être consultant, consultant en quelque chose, polyvalent peut-être même, un de ces métiers modernes qui n'ont pas de titre homologué. Ces gens dont on ne sait jamais ce qu'ils font, même après le leur avoir demandé.

Il ne l'avait pas revu depuis le jour fatidique, cela faisait maintenant une bonne semaine. Il l'avait appelé plusieurs fois, en vain, mais n'avait laissé aucun message. Pour un premier contact, pour une invitation, le répondeur était trop anonyme, il voulait l'entendre accepter de vive voix.

Finalement ils s'étaient parlé et non seulement Casual acceptait l'invitation, mais donnait presque l'impression qu'il en avait eu l'initiative, comme s'il s'y attendait, comme si cela allait de soi.

Contrairement à l'attitude qu'il avait eue au bord de la route, Casual devint affable dès le début du repas. Antoine lui annonça que la voiture avait été réparée dès le lendemain et, avant qu'il ait pu donner quelques précisions, Casual fit : « Bien ! » montrant ainsi que les détails ne l'intéressaient pas et que l'affaire était classée.

Il prit la parole et parla de l'avenir, des créneaux qui s'offraient à ceux qui osaient entreprendre, qui n'hésitaient pas à profiter des opportunités bien plus fréquentes qu'on ne le croit pour ceux qui savaient regarder autour d'eux.

Antoine attendait qu'il parle de lui, de son métier de la façon dont il organisait sa vie professionnelle, mais rien ne venait de ce côté-là comme s'il n'était pas concerné par ce qu'il disait ni par les conseils qu'il dispensait. Il était maintenant presque certain que Casual était un consultant et se fit une raison. Que pouvait bien raconter un consultant de son propre métier ?

C'était une conversation à sens unique.

— Certaines personnes, dit-il, voient le monde autour d'eux à leur échelle : s'ils se sentent petits, ils ne voient pas les choses en grand, ils se contentent de ce qu'ils peuvent ramasser à portée de main, considérant que le reste est destiné aux autres. Ils ont une vie médiocre, alors qu'en traversant un océan...

Enfin, ça les regarde mais c'est dommage.

Antoine comprit qu'il avait donné l'impression de faire partie des petits, de ceux qui n'ont pas de chance parce qu'ils ne l'ont pas suffisamment provoquée, cela le culpabilisa un peu et il en ressentit même une pointe d'humiliation.

Casual ne lui laissa pas le temps de se morfondre et continua sur sa lancée :

— D'autres, au contraire, ne regardent jamais leurs pieds, comme s'ils n'en avaient pas. Ils ne visent que le sommet des montagnes et n'arrivent jamais à rien car tout leur parait indigne de leur talent.

— Cependant, il y en a qui réussissent, lui fit remarquer Antoine.

— Ce sont ceux qui ont été aidés par le hasard, de façon directe ou indirecte. Il y a toujours moyen de composer avec le hasard, il suffit d'être au bon endroit, au bon moment.

C'est plus facile à dire qu'à faire, pensa Antoine.

— Vous y croyez, vous, au hasard ? Il n'intervient que rarement et après un certain nombre de coups, son effet est globalement neutre, statistiquement nul ! Tous les mathématiciens vous le diront.

— Statistiquement peut-être, mais vous vous en moquez de la statistique, c'est votre cas personnel qui compte et lui seul. Qu'il fasse ce qu'il veut avec les autres, pourvu qu'il vous favorise. Est-ce que vous croyez que celui qui vient de gagner gros au loto viendra vous dire que la probabilité est statistiquement nulle ?

Il est certain que l'argument était imparable. Que pouvait-on répondre à cela ?

Antoine comprenait de plus en plus mal où son interlocuteur voulait en venir. Il paraissait l'un de ces personnages qui passent leur temps à refaire le monde. Il n'arrivait pas à cerner la personnalité de cet homme qui lui paraissait si différent de celui qu'il avait connu huit jours plus tôt. Il lui paraissait maintenant hors du temps et hors de l'espace, un être immatériel en quelque sorte. Avant de lui demander quel était son métier, il aurait voulu en deviner la zone d'action pour ne pas être étonné par la réponse qu'il recevrait, mais l'autre ne lui laissait pas le temps de préparer ses tentatives d'approche, tout en restant énigmatique.

Peut-être que tout cela allait cesser à la fin du repas, une fois le café bu. Antoine aurait rempli son devoir de politesse après un incident banal, isolé, et qui n'aurait aucune suite. Ils se sépareraient, une fois pour toutes. Après tout, une panne de voiture n'est qu'un épisode désagréable, Casual ne lui avait pas sauvé la vie. Ce n'était pas la peine d'en faire tout un plat. D'ailleurs il ne lui avait même pas demandé la nature de la panne.

Après un bref silence, Casual lui annonça froidement :

— Pour votre entretien d'après demain, je peux vous aider !

Antoine fut stupéfait. Comment cet homme savait-il qu'il y aurait un entretien d'embauche dans deux jours ? Il n'en avait pas parlé, ni maintenant ni au bord de la route. D'ailleurs, il y a huit jours il ne le savait pas lui-même car la date en avait été reportée.

— Mon entretien devait avoir lieu la semaine dernière. Comment savez-vous tout ça ?

— C'est moi qui ai changé la date de l'entretien !

Cette fois, Antoine se demanda s'il ne rêvait pas. Le vin peut-être ? Pourtant il n'avait bu qu'un verre. Il ne comprenait plus et ne savait pas quelle question poser. Avait-il affaire à un directeur des ressources humaines ? Était-ce une extraordinaire coïncidence que son recruteur se soit arrêté pour l'aider au bord de la route ? Alors peut-être dans la conversation, à côté de la voiture muette, quand il parlait tout seul pour meubler le temps, il aurait fait allusion à son entretien ? Cela paraissait invraisemblable mais pas impossible. Dans ce cas, pourquoi la date en aurait été changée ?

Tout cela traversa la tête d'Antoine en quelques secondes et, avant qu'il ait pu reprendre ses esprits, l'autre enchaîna :

— C'est dans votre intérêt, je vous assure. La semaine dernière, vous n'aviez aucune chance.

On en était maintenant au café. Antoine ne mastiquait plus rien, depuis un long moment, d'ailleurs il n'aurait pas pu avaler quoi que ce soit.

— Vous êtes conseiller en recrutement ? C'est votre métier ?

— Moi ? pas du tout ! Certains prétendent même que le métier que je fais n'existe pas et les plus incrédules soutiennent que moi non plus je n'existe pas puisqu'ils ne m'ont jamais vu. Je suis un homme de l'ombre. Je suis partout et nulle part à la fois.

Tel que vous me voyez, je ne suis qu'un représentant. Un représentant assez particulier, mais je ne suis pas unique, nous sommes nombreux à représenter la même institution. Nous avons des pouvoirs étendus bien qu'ils ne soient reconnus par personne.

Antoine pensa alors immédiatement aux renseignements généraux, voire aux services spéciaux, ceux qui savent tout sur tout le monde et qui théoriquement n'existent pas. Qu'attendait-on de lui ? Pourquoi lui ? Il n'avait rien demandé à personne, n'avait sollicité aucune faveur. Qui avait intérêt à s'intéresser à son cas, à ses difficultés pour trouver un travail convenable ? Persuadé qu'il était en face d'un agent des services spéciaux il se gardait bien de poser des questions qui de toute manière n'auraient pas apporté les bonnes réponses. Il attendait que l'autre veuille bien lui dévoiler où il voulait en venir puisqu'un processus semblait engagé à son égard par un organisme dont les moyens paraissaient illimités.

— Est-ce que j'ai été recruté pour quelque chose ?

— Recruté, non ! pas vraiment, disons plutôt choisi. Oui, choisi par hasard, comme on dit généralement. J'aurais pu en trouver un autre, mais c'est tombé sur vous, sans raison, pour autant que l'on puisse dire que « par hasard » soit synonyme de « sans raison ». Vous ferez l'affaire, j'en suis persuadé. Vous n'aurez pas à le regretter.

Manifestement tout était prêt dans les moindres détails, depuis déjà quelques instants. Il ne lui restait plus qu'à accepter ou refuser la proposition.

Mais quelle proposition ?

Combien de temps lui laisserait-on pour réfléchir avant de donner son accord ? Une heure, un jour, une semaine ? Ce qui l'étonnait le plus c'était la façon que l'autre avait de dire « je » et non pas « nous » comme s'il avait été le grand patron de tout le système alors qu'il prétendait n'être qu'un représentant parmi d'autres.

— Voici ce que je vous propose : Je prends totalement en charge vos soucis de la vie quotidienne. Vous postulez pour un emploi, vous l'aurez. Vous pariez aux courses, vous gagnerez. Vous voulez vous déplacer, voyager, il y aura toujours une place pour vous dans le train, l'avion, le bateau. Vous voulez changer d'appartement, justement, il vient de s'en libérer un. Une femme vous plaît, vous aurez bien peu d'efforts à faire, le terrain aura été préparé. Elle vous attendait depuis déjà quelque temps sans le savoir.

Vous vivrez comme un roi à condition d'être raisonnable.

Antoine supposa alors que la « condition d'être raisonnable » serait probablement exorbitante, prohibitive, et que la proposition ne serait qu'un attrape nigaud.

D'ailleurs cela commençait à sentir le soufre.

Pour ne pas perdre son temps, il demanda ce que cela signifiait.

— Être raisonnable signifie que vous ne chercherez pas à devenir multimillionnaire du jour au lendemain, que vous ne vous ferez pas remarquer par des dépenses folles ou des excentricités qui attireraient l'attention sur vous. Vous devez rester discret, transparent, les gens qui vous côtoient doivent vous trouver normal et ne jamais se poser des questions sur vous. Tout au plus ils pourront dire que vous avez de la chance. Votre train de vie ne doit choquer personne, même pas le fisc, surtout pas le fisc.

— Cela me paraît un engagement facile à tenir, trop facile peut-être.

— Si vous croyez que c'est facile de se comporter comme tout le monde quand on a la possibilité de faire autrement, détrompez-vous. C'est au contraire très difficile. Cela suppose une attention de tous les instants. Beaucoup ne résistent pas. Ils craquent presque tout de suite. Ceux qui résistent le font parfois au détriment de leur santé mentale.

C'est une lourde charge de savoir qu'on est riche sans pouvoir le dire à personne. On se sent bien plus pauvre que si on l'était réellement. Tout vous paraît absurde. On accumule les difficultés que l'on pourrait résoudre instantanément en sortant une carte bancaire. On manque d'entraînement, cela n'arrive pratiquement jamais. C'est le brusque changement qui mine votre cerveau.

Dans l'autre sens, c'est plus facile, on s'adapte. On boit de l'eau gazeuse à défaut de champagne. Mais vous, vous boirez de l'eau du robinet pour ne pas vous faire remarquer en achetant du saint-émilion tous les jours. Il faut du sang-froid. Je ne vous connais pas assez pour prédire si vous résisterez mais je parie sur vous.

Antoine trouva les dernières remarques très exagérées. La condition lui parut tellement agréable à supporter qu'il en fut déconcerté et une nouvelle pointe de suspicion s'installa dans sa tête. Tout cela avait une apparence surréaliste. Il se doutait bien que les services spéciaux de l'État prennent parfois un inconnu comme « chèvre » et, pour qu'il accepte le risque, lui donnent de l'argent, mais ici l'affaire prenait des proportions déraisonnables. Il se souvint d'avoir entendu parler des fonds spéciaux, d'enveloppes ; mais ni l'État ni un organisme privé ne distribuaient ainsi de l'argent sans compter, à moins que le risque ne soit excessivement grand c'est-à-dire que la probabilité d'y laisser la vie soit pratiquement totale. Alors, comme on ne peut plus rien récupérer, c'est tout bénéfice pour l'État. Ils ne payent certainement jamais d'avance ces gens-là. C'est pour ça qu'ils promettent des sommes mirobolantes, puisqu'ils savent qu'ils ne payeront pas. Était-ce le cas ici ? Ce n'était pas exclu. Il était maintenant prêt à tout refuser. Il allait se lever, payer la note et s'en aller. Il avait fait son devoir, il saluerait cet homme très poliment, il ne fallait pas lui en demander davantage.

Casual s'aperçut de l'imminence du geste et lança la phrase qui allait tout chambouler :

— Vous n'êtes pas obligé de me répondre tout de suite, prenez quelques jours, allez à votre entretien d'embauche après-demain. Vous aurez le poste. Si vous vous sentez capable d'aller plus loin, appelez-moi.

*

Trois jours après, Antoine avait le poste convoité. Il n'en revenait pas. Tout s'était passé comme s'il avait été l'unique candidat, alors qu'ils étaient certainement plusieurs dizaines. Il ne se fit pas d'illusions, il n'était pas le meilleur d'entre eux : Casual avait tout arrangé.

Il l'appela. Ils se rencontrèrent en plein midi, au parc de la Cerisaie sur un banc public, comme des espions.

— Voici ce que j'attends de vous : En contrepartie de tout ce que je vous ai promis, vous devrez suivre mes instructions sans discuter, sans chercher à comprendre, sans réfléchir, sans en chercher la logique. Il y aura bien une logique, mais elle vous échappera. Mais je vous rassure tout de suite, je ne vous demanderai jamais rien d'illégal au sens classique du terme. Mes instructions vous paraîtront d'une banalité déconcertante, ne les discutez jamais car vous ignorez la trame qui les relie.

L'obtention de votre nouvel emploi n'est qu'un coup d'essai, uniquement pour vous montrer que mon pouvoir est pratiquement illimité. Je vous propose un pacte à durée indéterminée. Si vous acceptez, vous aurez tout, mais vous ne pourrez pas me désobéir. Si vous renoncez à moi, il faudra rembourser tout ce que je vous aurai donné, d'une manière ou d'une autre, et cela serait une première car personne n'a jamais réussi.

Antoine se sentait maintenant comme un jouet entre les mains de ce représentant d'une puissance colossale à laquelle il ne pouvait qu'obéir.

Il avait bien entendu dire que les services spéciaux de chaque pays étaient des États dans l'État, qu'ils n'avaient de comptes à rendre à personne, que les agences internationales de renseignements traitaient les gouvernements par-dessus la jambe et il se sentit à la fois fier et inquiet.

Une phrase lui revenait à l'esprit : « la légalité au sens classique du terme »

Casual l'avait prononcée après une petite pause, un silence trahissant une hésitation, un regret de trop en dire. Existait-il donc, d'après lui, deux légalités : la classique et l'autre ? Peut-être avait-il mal entendu ?

Il était d'ores et déjà son débiteur passif, involontaire encore, mais déjà son obligé certain. Il était pris dans les filets d'un contrat de dupes. Il ne profita pas des derniers instants de liberté qui lui restaient pour tout refuser.

Il ne savait déjà plus de quel côté ses sentiments contradictoires le poussaient.

Il était déjà trop tard.

L'émotion mêlée de crainte le paralysait au point de ne pouvoir parler, et pourtant, l'autre entendit bien clairement sa réponse :

— J'accepte.

Ce fut la signature verbale qui allait conditionner tout le reste de sa vie.

2

Antoine n'était pas plus compétent, ni moins compétent, que les autres postulants qui n'avaient pas eu le poste. Tout du moins il le supposait car il ne les connaissait pas mais il savait par expérience que, dans ce genre de choses, le mérite n'est qu'un paramètre parmi d'autres et que, vu de l'extérieur, personne ne sait vraiment quels sont les facteurs déterminants. Une fois le poste obtenu, il fut surpris d'être bien accueilli par ses collègues de travail ; il ne constata en eux aucune déception, aucune rancune comme si aucun d'entre eux n'avait eu de préférence pour un futur arrivant.

N'avait-ils donc aucun ami, aucun parent candidat au poste vacant ?

Ils avaient trouvé apparemment suffisant que le poste soit pourvu.

Il y avait tellement de candidats, lui dirent-ils, le choix a dû se faire presque au hasard. Comment départager tant de monde ? Il devait y avoir un petit plus en votre faveur. Tant mieux pour vous.

C'est ce que l'on dit généralement quand on ne connaît pas les tenants et les aboutissants d'une affaire. Ici c'était l'indifférence qui semblait régner.

Mais il savait, lui, que, dans cette affaire, le hasard avait un visage, qu'il le connaissait vraiment, qu'il avait signé un pacte avec lui, oralement, sur un banc public, bien sûr, mais l'acte avait la même valeur que s'il avait été passé devant notaire. Ces gens-là ne fréquentent pas les notaires, rien de ce qu'ils font n'est enregistré mais ils savent comment s'y prendre pour vous obliger à respecter votre parole. Il pouvait se réjouir. Cependant il avait toujours à l'esprit qu'il avait accepté un contrat ouvert dont la dernière ligne n'était pas encore écrite et cela l'empêchait d'être pleinement satisfait.

Les autres étaient bien loin de soupçonner tout ça, n'ayant jamais été approchés comme l'avait été Antoine.

Il se demanda quel mécanisme avait été mis en jeu pour le faire choisir lui plutôt qu'un autre et souhaita qu'un jour, plus tard, il reçoive des confidences de quelqu'un de la hiérarchie, qui lui permettrait de comprendre comment ces choses-là se font. On lui demanderait alors, peut-être, discrètement, dans le cours de la conversation, s'il connaissait Casual, s'ils étaient amis intimes et il apprendrait ainsi peut-être le poids que ce dernier avait dans l'entreprise.

Pour le moment, il décida de profiter de l'aubaine, comme si c'était une aubaine, alors qu'il s'agissait en réalité d'une avance sur salaire pour un travail qui lui serait demandé plus tard, dont il ne se doutait pas pour l'instant car il n'était pas encore défini.

Il trouva facilement un appartement à louer, ce qui lui parut normal compte tenu de son salaire et s'en attribua tout le mérite. Casual ne se manifestait pas souvent physiquement de telle sorte qu'Antoine avait tendance à l'oublier pour les faits de la vie quotidienne. Ses collègues lui dirent pourtant qu'il avait eu beaucoup de chance mais il n'y prêta pas attention.

Une fois installé, il décida que pendant au moins quelques semaines son comportement serait plus que raisonnable puisqu'il avait en main un instrument puissant mais dangereux qu'il fallait maîtriser avant de s'en servir de façon intensive.

N'ayant plus de nouvelles de Casual, il se demanda même si tout cela avait une existence réelle, s'il n'avait pas rêvé tout éveillé.

Dans les semaines qui suivirent il changea de service, il changea d'étage, comme si cela allait de soi, un simple changement automatique, un simple transfert interne, on ne lui demanda pas son avis, seuls les dossiers qu'il devait traiter étaient différents. C'était tout de même une promotion. Il s'en aperçut à la fin du mois. Ses nouveaux collègues ne l'avaient jamais vu et ne savaient même pas depuis combien de temps il faisait partie de l'entreprise. Il y a parfois des questions qu'il vaut mieux ne pas poser quand on est à un échelon intermédiaire de la hiérarchie.

Moins on s'intéresse à la promotion des collègues et moins la rancune, qui forcément s'installe, ne détériore le bon fonctionnement de l'entreprise.

Il eut accès à des ordinateurs nouveaux qui contenaient des données sur une grande partie du personnel et des protocoles de recrutement. La tentation ne se fit pas attendre. Il ne résista pas. Il lui fut facile de retrouver comment lui-même avait été sélectionné. Il vit apparaître la liste des deux cent trente-cinq candidats classés de toutes les façons possibles : par ordre d'arrivée des lettres de motivation, par ordre alphabétique des noms, par âge, par années d'expérience, par répartition géographique du domicile. Devant chaque rubrique, une note et un coefficient. Tous ces classements étaient logiques pour pouvoir s'y retrouver.

Il posa discrètement quelques questions bien tournées pour montrer qu'il n'était pas personnellement concerné. On lui expliqua que, depuis quelque temps, depuis que l'on remplaçait systématiquement chaque employé qui partait par un ordinateur, personne n'intervenait dans la décision finale : pourquoi perdre du temps en réunions, la décision de l'ordinateur était certainement aussi fiable que les avis parfois contradictoires et toujours subjectifs des membres d'une commission.

On avait donc créé une pseudo-commission d'ordinateurs, une « ordi-commission. » qui avait hérité d'un pouvoir bien connu : l'infaillibilité.

C'était une première, mais l'idée allait faire son chemin et devenir universelle.

Le grand intérêt d'un ordinateur c'est qu'il n'a pas d'états d'âme. Il ne se laisse pas influencer par des considérations peut-être moralement louables mais qui n'ont pas leur place dans une entreprise bien gérée. Il en conclut que le directeur des ressources humaines de cette entreprise était un ordinateur. Cela expliquait donc l'indifférence dont les autres avaient fait preuve à son arrivée. Ils savaient comment ça fonctionnait.

Cela ne le surprit pas jusqu'au moment où il arriva à la liste finale, le classement décisif dans lequel seul le premier de la liste comptait puisqu'il n'y avait qu'un poste à pourvoir. Et là, il se vit en tête et quelle fut sa surprise en voyant que le classement avait été fait par ordre alphabétique des prénoms !

C'est parce qu'il s'appelait Antoine qu'il avait obtenu le poste !

C'était totalement aberrant et personne n'avait rien remarqué. Tout était automatique, les gens n'étaient plus que des numéros, voire même des octets, triturés sans vergogne par une machine sans âme et qui imposait son verdict sans que personne ne songe à faire appel. D'ailleurs il n'y avait pas de procédure d'appel prévue.

Pourquoi faire appel puisque la première instance était infaillible ?

La première surprise passée, il comprit que l'ordinateur avait été manipulé, que l'on avait rajouté une rubrique, un classement, cela était tellement facile ! Personne ne vérifierait, ils n'avaient pas que cela à faire, il fallait faire confiance au progrès technologique, il fallait vivre avec son temps.

Antoine comprit que Casual était intervenu, peut-être même à distance, qui sait. « Vous aurez le poste », lui avait-il déclaré avant même qu'il ne se présente.

Avant même que l'ordinateur ne soit allumé, il avait déjà en main la clé pour le manipuler ; il savait déjà comment il s'y prendrait. Ce n'était peut-être pas la première fois.

Cette découverte le ramena à la raison : il avait bien signé un pacte qui le neutralisait dans ses initiatives. Il n'avait plus son libre arbitre. Il n'avait rien à dire. Son avis ne comptait pas et il devait le garder pour lui. Moins il parlerait, moins il chercherait à comprendre et mieux cela vaudrait.

A partir de ce moment il ressentit une sorte d'angoisse, la crainte que cela soit découvert, que quelqu'un, un jaloux, un rancunier, ouvre ces fichiers et le fasse savoir à la direction. Que se passerait-il alors ? Personne ne croirait à son innocence, on chercherait son complice dans la place et même si personne n'avouait, les soupçons s'installeraient et la cohabitation avec ses collègues deviendrait insupportable. De toute façon, il serait remercié, comme on dit, pudiquement, dans ces milieux-là, du jour au lendemain.

Il prit donc la décision de faire disparaître ce fichier compromettant, il n'y aurait alors plus de classement final, personne ne pourrait plus contester sa nomination. Personne ne pourrait plus justifier la décision de l'ordinateur. Mais en faisant cela il deviendrait complice d'un forfait. Il hésita un instant mais il effaça tout de même le fichier. Être complice d'un ordinateur faussé ce n'est pas la même chose que d'être le compère d'un voyou. S'il en était bien le commanditaire il n'en était pas l'exécutant, la responsabilité serait divisée par deux

Pour le moment il n'existe pas d'ordinateur voyou mais un jour peut-être, s'ils continuent à prendre des initiatives, on pourra les citer en justice.

Une fois l'opération réalisée, un doute subsista dans son esprit car il savait que rien n'est jamais vraiment effacé sur un ordinateur et que l'on peut faire ressusciter des données, que l'on croyait disparues pour toujours. C'était, en quelque sorte, son remords qui le tenaillait d'avoir fait une chose pareille et il pensa que si, chaque fois que le hasard le favoriserait, il devait en tirer du remords, sa vie deviendrait un enfer.

Sans s'en douter, il venait de rendre le premier service à Casual en ayant effacé toute trace d'intervention d'une main étrangère dans une entreprise fragilisée par l'excès de haute technologie. Cependant cela n'était qu'un détail minime dans la puissance de Casual qui n'en était pas à sa première intervention dans cette entreprise.

Il dormit mal cette nuit-là. Il rumina dans sa tête ce coup tordu auquel il était mêlé et soudain, un peu avant que le réveil ne sonne, il fut pris d'un doute qui le réveilla complètement : le seul véritable classement, par le mérite, celui-là, existait certainement. C'est ce fichier qui avait été substitué par Casual. L'ordinateur contenait donc les restes de deux fichiers effacés, le vrai et le faux. Casual n'était peut-être pas totalement maître de la situation puisqu'il avait laissé des traces aussi grossières.

Il devrait régler ce point avec lui, dès qu'il le reverrait, car ce prix supplémentaire à payer n'avait pas été évoqué lors de l'acceptation de son contrat.

Il appela Casual dont il ne connaissait que le numéro de téléphone, un lien si mince pour une coopération si inhabituelle. Il voulait le rencontrer pour lui dire de vive voix sa réserve mais il n'obtint qu'un refus poli. Casual n'était pas homme à se laisser convoquer. Il consulta son agenda et vit que c'était impossible. Ce serait toujours impossible. Il était le maître du jeu et non l'inverse et il en serait toujours ainsi. Antoine finirait forcément par comprendre.

Au bout du fil, comme on disait autrefois, il trancha dans le vif :

— Ne vous faites donc pas du mauvais sang inutilement, il n'y a pas de vrai fichier, je le sais mieux que personne. Et il raccrocha.

Antoine oublia vite le ton brusque avec lequel l'autre lui répondait au téléphone. « C'est dans son caractère », pensa-t-il. Il ne changera pas pour moi.

*

Il avait changé d'appartement depuis quelques jours déjà. Une chance ! vraiment une chance. Du premier coup. A la première agence. « On l'a rentré ce matin » lui avait dit le préposé à la location. C'était un deux-pièces magnifique, tout équipé, il n'eut même pas besoin de donner un coup de balai.

Comme il avait fait part à Casual de son désir de déménager, il ne fut qu'à moitié surpris de la facilité avec laquelle cela s'était réalisé. Mais puisque personne à sa connaissance n'avait été lésé dans cette histoire, il en tira tout le profit sans arrière-pensée qui aurait modéré son plaisir.

Il ne voulait pas s'occuper des dessous du monde.

Cependant, dans sa tête restait toujours le petit point noir que tôt ou tard il devrait, lui aussi, renvoyer l'ascenseur à Casual et cela l'empêchait de garder son calme et d'être entièrement serein.

Une fois installé, lorsqu'il se retrouva seul, le soir, dans ses meubles, il lui sembla que quelque chose devait encore être ajouté pour se sentir totalement satisfait.

Que manque-t-il à un homme qui a une belle situation et un magnifique appartement pour être comblé ? Une femme bien sûr.

Ce fut sa nouvelle requête.

Il la souhaita avec un corps de rêve, digne de poser dans une revue de charme pour bien décorer son appartement.

Il la voyait déjà assise là, sur l'un des deux fauteuils qui meublaient son salon, les jambes croisées qu'une jupe courte mettait en valeur. Il se voyait, lui, la surprenant debout dans la salle de bain alors qu'elle se coiffait. Il l'imaginait mettant une nouvelle robe ou bien l'enlevant pour lui demander ce qu'il en pensait. Ce qu'il pensait de quoi ? de la robe ou de ce qui lui donnait du relief ?

C'était la fermeture éclair qui l'avait toujours troublé. Le son n'était pas le même en montant et en descendant. Au son du curseur qui montait, cela signifiait qu'il fallait se dépêcher, que quelque chose les attendait dehors car c'est au dernier moment que l'on monte le curseur d'une fermeture éclair, tandis qu'en descendant le son de ce petit curseur métallique devenait pour lui la clé du paradis puisque que c'est là que tout commence.

Elles étaient si fines, si discrètes, si efficaces les nouvelles fermetures éclair. Une merveille de technologie, du grand art. Aucune ne s'était jamais coincée entre ses doigts. Il est vrai qu'il les manipulait avec grand soin, en main de maître.

Il l'imaginait cette femme qu'il ne connaissait pas encore, la façonnait à sa guise comme si elle existait déjà en argile humide et malléable et il croyait entendre le son discret, la musique intime d'un curseur effleurant la courbe de son dos.

Mais paradoxalement, à aucun moment, il ne se la représentait parlant avec lui, posément, échangeant des idées, défendant ses convictions par des propos subtils et convaincants, essayant de se persuader mutuellement. Non pas parce qu'il considérait que les top modèles qu'il voyait dans les revues n'avaient pas de cervelle, mais parce qu'il ne voulait pas mélanger les genres et qu'il y avait un temps pour tout.

Il gardait cependant encore au fond de lui cette hypothèse de gamin qui plaçait sur les plateaux opposés d'une balance la beauté et l'intelligence des femmes et il restait encore persuadé, à son âge, que la balance ne pouvait pencher que d'un seul côté à la fois. Et si la balance ne penchait pas du bon côté, cela ne l'intéressait pas.

Tout cela était resté caché au fond de sa boîte crânienne depuis l'époque où il était enfant, lorsqu'il pensait que toutes les filles de son âge étaient idiotes, bien qu'il acceptât volontiers de jouer avec elles.

Dans ce domaine-là, il avait refusé de grandir. Il est vrai que c'est une attitude qui perdure et semble même s'amplifier.

Et surtout, il pensait que si Casual l'aidait d'une manière ou d'une autre dans cette opération, ce n'était certainement pas du côté d'une femme intelligente qu'il le pousserait car comment un être aussi retors que lui, aurait été capable de détecter la moindre finesse dans le regard d'une femme ?

Il se disait aussi qu'une liaison affichée avec un joli corps ferait sinon des envieux parmi ses amis au moins des admirateurs attentifs et que leur regard de mâles bien portants sur ce couple modèle diminuerait le mérite de Casual, qu'il en tiendrait compte et que le jour où il présenterait la facture elle en serait atténuée d'autant.

Cela ne traîna pas. Casual avait ça sous la main. La copine de l'un de ses collaborateurs. Ce collaborateur était un être un peu brusque, pas méchant du tout mais très fier de ses muscles, il buvait de l'eau déminéralisée et n'aimait pas ceux qui se posaient des questions nécessitant une réponse précise.

Certaines femmes se sentent attirées au moins une fois dans leur vie par la prestance des hommes sans chercher si derrière tout cela il n'y a pas que du vide, que du bodybuilding. C'est ce qui avait dû se passer.

Vus de loin, ils formaient un beau couple, un bel attelage comme on aurait dit au siècle précédent. Mais peu de temps après, elle s'était rendu compte que les muscles et les raisonnements à l'emporte-pièces ne la satisfaisaient plus. Elle était sur le point de reprendre sa liberté lorsque Casual s'en aperçut et hâta le processus. Elle devint une pièce mobile, un joker, dans son jeu cynique puisqu'il savait déjà comment l'utiliser sans perdre de temps. Un joker immobilisé est une perte sèche, pensait-il. Cependant dans ce cas précis il n'était pas absolument certain de sa docilité.

C'est ainsi qu'Antoine l'avait rencontrée par hasard, si on peut dire, et elle était devenue un élément de décoration de son appartement. C'est peut-être l'absence de pectoraux saillants ou le timbre doux et particulier de la voix d'Antoine qui avait rendu si rapide le processus de séduction. Elle avait besoin d'un changement, d'un contraste et elle l'avait trouvé.

Plusieurs week-ends de suite, ils étaient partis ensemble au ski. C'était un très bon skieur ; lorsqu'il glissait, il ne regardait que ses spatules, il ne tombait jamais. Tout dans ses pieds. Elle le voyait toujours de dos. C'est sans doute pour cela qu'elle avait mis un certain temps pour comprendre ce qu'il avait dans la tête.

Elle était pour lui comme un beau tableau moderne accroché au mur et que l'on montre fièrement à ses amis quand ils viennent vous voir mais auquel on s'intéresse bien peu dès qu'ils sont partis.

Mais, contrairement à ce qu'il pensait, elle était très fine, dotée d'une délicatesse intérieure qu'un macho ne pouvait pas soupçonner dans un si beau corps. De même, un garçon un peu timide n'aurait pas osé affronter une si belle cuirasse pour voir ce qu'il y avait à l'intérieur. Elle impressionnait par sa beauté. Elle espéra qu' Antoine n'était pas vraiment comme son premier abord le laissait supposer. « Ce n'est que du vernis , pensa-t-elle. Il suffit d'attendre un peu, le vernis disparaîtra et il sera comme je souhaite qu'il soit. »

L'attente se prolongea au delà du raisonnable et lorsqu'elle fut persuadée qu'elle ne trouverait jamais dans le regard d'Antoine la profondeur d'un sentiment durable, elle se détacha de lui. Peu à peu le lien se distendit et finit par se dissoudre, sans heurts, sans mots blessants comme s'il n'y avait jamais rien eu d'important entre eux.

Une fois partie, Antoine ressentit un manque mais il ne voulut pas admettre que tout venait de lui. Il ne comprit pas pourquoi elle avait préféré un avenir inconnu à un présent confortable.

Le confort, confort du corps et de l'esprit, c'était alors son idéal. Il n'y avait pas mieux.

Casual prit acte de l'événement et comptabilisa sur son carnet, comme chaque fois, le service rendu. Pour lui, c'était dans la logique des choses. Cependant, il éprouva une légère amertume en voyant cette femme décider de son sort sans lui demander la permission.

Elle était libre, bien sûr, tout de même être libre ne dispense pas de demander la permission. Il était persuadé que rien ne doit être fait sans permission même si celle-ci est purement formelle.

Antoine se consola avec d'autres liaisons éphémères dont il ne se sentait pas redevable à Casual. Le hasard n'y était pour rien, pensait-il. C'était la promiscuité de la vie en société qui fatalement avait provoqué ces rencontres. Il n'y pensait déjà plus, soit parce que leur durée avait été très courte soit parce que le plaisir qu'il en avait tiré avait été minime. Il n'en avait rien retenu, à peine un vague souvenir, mais cela ne lui avait rien coûté.

Cependant, il ne se sentait pas très fier de lui en pensant à l'une d'entre elles, celle qui était toujours si maquillée, la grande qui portait en plus des chaussures à talons hauts attachées par une simple bride autour de la cheville, ces chaussures si mal commodes pour la marche, qui semblent vouloir tordre les chevilles des femmes à chaque pas. Elles ne sont sans doute pas faites pour marcher mais pour être gardées le plus longtemps possible quand tout le reste est par terre et que le jeu érotique commence.

De loin, tant qu'on ne savait pas ce qu'elle avait dans la tête, ou plutôt ce qu'elle n'avait pas, elle faisait un certain effet mais une fois déshabillée, elle jacassait sans arrêt en pliant et dépliant ses longues jambes toutes droites qui rappelaient les pattes d'un chameau. Heureusement cela n'avait duré qu'une nuit et elle avait très mal pris d'avoir été larguée dès le matin venu sans même se voir offrir un petit café au lait. Elle avait raconté partout qu'Antoine n'avait pas été à la hauteur, ce qui avait fait sourire celles qui savaient ce qu'il en était.

La vie est bien agréable, pensait Antoine. Sans attaches, sans comptes à rendre il tirait du plaisir sans rien donner en échange pour tous les événements, de toutes les rencontres, auxquels il était mêlé. Cette sorte de gratuité virtuelle augmentait son plaisir. Il ne fréquentait plus ceux qui ne prenaient pas la vie du bon côté. Il se croyait tellement au-dessus d'eux, tellement plus optimiste, tellement plus philosophe, tellement plus malin.

C'était encore l'époque où il confondait la recherche du confort et la philosophie.

*

C'est à cette époque qu'il eut son accident de voiture. Un accident mineur en quittant une place de parking sans regarder du bon côté.

Il venait de quitter Casual, une rencontre amicale, pour faire le point sur ses besoins et pour se faire rappeler discrètement que le contrat était toujours d'actualité. Il pensa, ce que l'on pense toujours dans ces cas-là, que les torts étaient partagés. Et voyant que Casual n'était qu'à quelques mètres, il voulut le rappeler et le prendre à témoin. Mais celui-ci refusa de s'approcher et ne voulut rien savoir.

— Je n'ai rien vu, je tournais le dos, dit-il.

Et comme Antoine insistait et prétendait le contraire, il ajouta :

— Désolé, je ne peux pas témoigner en votre faveur, compte tenu de mon statut, je ne peux pas me faire remarquer, je dois rester dans l'ombre, je ne peux agir que dans l'anonymat, lorsque personne ne m'attend. Ma force est de surprendre les gens sans qu'ils puissent me prévoir, sans qu'ils puissent compter sur moi. Personne n'a le droit de compter sur mon aide. Ceux qui croient que je suis là pour que « ça vienne tout seul » en ont toujours été pour leurs frais.

Je regrette de ne pas avoir allongé le pas quand j'ai entendu le choc. Vous n'auriez pas dû afficher devant tout le monde que vous me connaissiez. C'était bien spécifié sur le contrat : notre relation devait rester secrète. J'espère que personne ne se rappellera mon visage.

Tous comptes faits, cette attitude n'étonna pas Antoine. Il avait maintes fois constaté qu'après une collision, les passants s'arrêtent et parfois même s'agglutinent pour voir la tôle froissée mais dès que l'on sollicite un témoignage ils n'ont rien vu, tous jurent être arrivés après coup et s'en vont aussitôt sans se retourner comme s'ils n'avaient jamais passé par là.

*

Casual, occupé ailleurs, ne se manifesta pas pendant plusieurs mois. Antoine, malgré son optimisme, commença à trouver que sa vie devenait monotone s'il observait scrupuleusement les termes du contrat. Il s'était contenté jusqu'ici du revenu de son métier et voulut vérifier qu'il pouvait obtenir davantage. Il décida donc de prendre une nouvelle initiative censée lui rapporter beaucoup d'argent. Il acheta des actions à la bourse, sans réfléchir, parce qu'il trouva qu'elles portaient un joli nom, un gros paquet d'actions d'une compagnie pétrolière pratiquement inconnue qui faisait des forages dans une région désertique où personne n'aurait imaginé qu'il y eût du pétrole. D'ailleurs, Casual ne lui avait-il pas ordonné de ne pas réfléchir trop longtemps, le moins longtemps possible, avant de prendre des décisions ? Il avait donc obéi. En moins de deux semaines, les espoirs se confirmèrent et le cours de l'action fut multiplié par dix.

Casual n'y est pour rien cette fois, pensa-t-il. Il n'est pas reparu depuis des lustres, il m'a sans doute déjà oublié. Il n'y a pas de hasard, c'est plutôt le flair, mon flair, je l'ai senti au fond de moi que je devais acheter du pétrole. Je ne dois rien à personne pour ce coup, tout est à moi.

Il vendit tout et fut très fier de sa perspicacité comme un expert, rompu aux finesses de la bourse, qui ne peut jamais perdre. Il pourrait maintenant profiter du revenu de sa prouesse.

Son banquier y trouva son compte et le félicita. Il lui demanda même d'où venait son intuition. Il répondit avec une certaine condescendance. Personne n'aurait à redire. Il était dans les normes du contrat qu'il avait presque oublié pensant ne pas être le seul à gagner de l'argent en bourse. Tous ceux qui gagnent en bourse n'ont pas signé un contrat avec Casual, se dit-il.

Sa fierté lui fit oublier toute modestie. Il oublia qu'il n'y était pour rien, que le mérite ne lui en revenait pas, et il éprouva un certain mépris pour ceux qui perdent de l'argent en bourse, ceux qui n'ont pas la bonne intuition et qui se fient souvent à un raisonnement erroné suggéré par leur incompétence.

Sur les conseils de son banquier, il voulut recommencer seulement pour voir si cela marchait à tous les coups. Pourquoi cela ne marcherait-il pas ? Il écouta bien les arguments compliqués de l'expert, arguments dont il ne saisit pas entièrement la logique mais qu'importait puisqu'il avait du flair ? Il hésita un jour ou deux mais finalement il se laissa convaincre. Un mois après, il avait perdu la moitié de sa mise, ce qui le rendit plus modeste.

C'était la faute du banquier, naturellement.

Casual, qu'il s'efforçait d'oublier, l'appela :

— Demain, passerelle des quatre vents, à dix-neuf heures.

C'était sec et tranchant comme un couteau oublié au milieu du désert.

Décidément Casual aimait les lieux vraiment peu fréquentés.

Antoine ne connaissait pas l'endroit, il dut vérifier sur le plan.

Il terminerait tôt et prendrait la ficelle pour monter, comme disent les Lyonnais.

Quand il fut là-haut, il hésita, se trompa et pensa être en retard. Il demanda, puis avança jusqu'au belvédère au milieu de la passerelle. Le soleil était déjà bas et les arbres qui avaient grandi sans aucun contrôle cachaient maintenant la vue sur la ville, mais qu'importait, il n'était pas venu pour admirer un beau point de vue. Il était venu pour se faire passer un savon.

Il n'y avait personne sur la passerelle à cette heure-là et un silence inquiétant régnait en ce lieu suspendu au-dessus des feuillages que la lumière rasante faisait frémir en contre bas.

Casual n'était pas homme à prendre la ficelle, il arriva de l'autre côté, d'un pas assuré, avec son costume sombre toujours impeccable, et hautain comme d'habitude.

Il était impossible de prévoir sans se tromper dans quelle direction il fallait se tourner pour le voir apparaître.

A une vingtaine de pas, Antoine sut déjà que la rencontre ne serait pas amicale.

Quand ils furent face à face, avant l'échange du premier mot leurs regards se croisèrent comme des épées.

Casual semblait pressé.

— Pour qui vous prenez-vous ? Pour un expert financier ? Qu'est-ce que cela signifie, toutes ces messes basses avec le banquier ? Vous sentez-vous assez fort pour me court-circuiter ? Vous n'y connaissez rien et votre banquier non plus mais lui, en revanche, connaît son intérêt !

Je vous ai mis sur un coup magnifique l'autre fois, et pour me remercier vous flanquez tout en l'air. Je vous avais bien demandé de ne pas réfléchir. Je suis là pour ça. Chaque fois que l'envie vous vient de prendre une initiative dites-vous bien : « Je n'y connais rien ! Et ceux qui vous conseillent, parlons-en !»

Tous les jours je vois des gens qui font des statistiques sur le tirage du loto comme si cela pouvait les aider à cocher les bons numéros. C'est désolant. S'ils savaient comment je procède...

Casual continua sur le même ton pour lui faire rentrer dans le crâne ce qu'il attendait de lui.

Il y avait eu sinon rupture du moins entorse au contrat. Il avait essayé de prendre une initiative personnelle et de s'en attribuer le mérite.

C'était interdit. Il lui rappela sèchement que dans l'organisation dont Antoine faisait désormais partie, toute initiative personnelle était considérée comme néfaste. L'individu pensant ne compte pas, dit-il, seul doit être pris en compte l'intérêt général s'il est validé par les plus hautes instances génératrices du dogme.

Ce fut comme un petit coup de semonce et il comprit que l'autre veillait sans se manifester et qu'il ne plaisantait pas. Il n'était pas nécessaire que le hasard manifeste sa présence avec fracas pour être au courant de tout et veiller à ce que ses règles soient respectées.

Antoine devait se remettre sur les rails, il savait comment faire.

Il eut le bon réflexe. Il se précipita à la banque et acheta n'importe quoi. Une semaine après, il avait récupéré l'argent perdu. C'était en quelque sorte la manifestation du pardon que l'organisation lui accordait.

Le banquier qui ne sut jamais qui tirait les ficelles, le voyant arriver, le félicita.

« Vous voyez, lui dit-il, on finit toujours par gagner ! » Il parlait pour lui, naturellement, mais Antoine ne le comprit pas et pensa que la réflexion était une simple boutade.

Casual en conclut que le leçon avait porté.

Antoine se rappela alors que son contrat stipulait que tout acte spontané et irréfléchi de sa part serait couvert et considéré comme un élément valorisant de la convention. Mais surtout qu'il n'essaye pas de biaiser, de jouer au plus malin, de contourner le hasard, qui ne le supporterait pas.

Il avait eu, en quelque sorte, un avertissement sans frais comme on dit dans l'administration ; mais il fut bien conscient que c'était le première et le dernier. La prochaine fois il n'y aurait pas de session de rattrapage. Il prit la résolution de ne plus raisonner ni écouter les conseils de personne.

*

On était samedi. Antoine ne travaillait pas. Lorsque son téléphone vibra, il s'apprêtait à sortir : C'était Casual.

— Attendez-moi place Ampère, sur l'un des bancs derrière la statue. Ne soyez pas en retard !

Ce fut tout. Jamais un mot aimable, jamais !

Lui gardait-il donc rancune depuis la dernière fois.

Un chef, Casual, un chef protecteur mais un chef !

Cette fois, il ne risquait pas d'être en retard, mais plutôt en avance, quitte à attendre longtemps.

Les bancs derrière la statue n'ont pas grand succès, il choisit le plus à l'ombre.

Lorsqu'il le vit arriver, il eut un mauvais réflexe : il se leva de son banc comme s'il devait se présenter devant un supérieur hiérarchique.

— Restez assis, lui dit Casual en s'asseyant à côté de lui, inutile de se faire remarquer.

Il dit cela d'un ton aimable qui surprit Antoine.

— Alors, ça marche pour vous ! Vous voyez, quand vous voulez !

Et avant d'avoir obtenu la moindre réponse il ajouta :

— Vous devriez prendre des vacances, changer d'atmosphère, changer d'hémisphère, s'il le faut. Changer d'air vous fera le plus grand bien, croyez-moi. Décontractez-vous. Je vous ai trouvé tendu ces derniers temps. Je n'aurai pas besoin de vous ici pendant quelque temps. Au besoin, je vous donnerai un coup de main. On se reverra quand vous serez rentré.

Ils se quittèrent après avoir échangé quelques banalités et pour la première fois depuis longtemps Casual lui serra la main.

Il remarqua que la poignée de main était ferme mais froide, presque métallique.

Cet entretien aurait dû rassurer Antoine. Il était de nouveau en bons termes avec son protecteur, la période de grande turbulence semblait terminée. Cependant, loin de se sentir plus à l'aise, il n'en fut que plus inquiet.

C'était donc en vacances que quelque chose allait se produire à quoi il serait mêlé, loin de Casual, pour qu'on ne puisse pas remonter le fil ?

Il se rappela avoir vu un film dans lequel un espion était envoyé en pays hostile. Son supérieur lui avait dit : « Si vous vous faites prendre, nous, on ne vous connaît pas ! »

Cela lui fit froid dans le dos.

*

Cependant, en y réfléchissant bien, il finit par se dire qu'en continuant à voir des complots partout il finirait par devenir paranoïaque. Pourquoi donc se casser la tête ? Pourquoi ne pas profiter de l'aubaine puisqu'il semblait disposer d'un crédit de faveur illimité ? Depuis un an, à part quelques réprimandes, il ne s'était rien passé de fâcheux pour lui, au contraire. Il n'avait pas donné de sa personne, il n'avait participé à aucun coup tordu ou dangereux. Il décida donc de prendre la vie du bon côté et de vivre aux crochets de ce hasard qui l'avait tant favorisé jusqu'ici.

Il était prêt à accepter les sautes d'humeur de Casual, du moment que le bilan était largement positif. Après tout, c'était peut-être uniquement ça, le prix à payer ; l'autre voulait savoir pendant combien de temps il pourrait tenir sans se révolter. Mais il tiendrait, il tiendrait, il venait de le décider.

*

Sur ces entrefaites, le temps peu à peu s'était mis au beau et l'été commençait à s'installer vraiment apportant son lot de désirs chauds et d'envies de voyages exotiques.

Antoine avait maintenant beaucoup d'argent de côté et un emploi stable qui lui ôtait tout souci financier pour un avenir à moyen terme.

Il pouvait se permettre une première fantaisie. C'était permis, c'était même presque une obligation, puisque Casual lui-même l'avait suggéré avec insistance. La résolution prise, il chercha ce qui lui ferait le plus plaisir mais il ne trouva au fond de lui aucun souhait qui l'avait fait rêver autrefois et qu'il aurait gardé en mémoire pour un futur hypothétique.

Quelques semaines auparavant, il aurait pu partir se dépayser à l'autre bout du monde avec sa dernière conquête mais actuellement, justement, il vivait seul. C'était une période de repos comme il disait à ses amis. Et il ajoutait en plaisantant: « Il ne me faut pas longtemps pour récupérer. » Alors, un peu désabusé, mécontent de lui-même d'avoir autant d'argent sans savoir comment le dépenser, il opta pour un voyage en mer.

Dans un premier temps, il longea les vitrines des agences de voyage sans entrer, pour se mettre en conditions en quelque sorte. Puis il repéra celles qui disposaient d'un présentoir rempli de catalogues et il entra. Sans un mot il se servit et ressortit emportant sous le bras quelques kilos de rêves. Ce qu'il préférait c'était une boutique pleine de monde, alors sa démarche était totalement anonyme, aucun employé ne remarquait son entrée, ni sa sortie, il n'avait même pas eu besoin de faire un petit salut discret avant de ressortir.

Mais le cas d'une croisière idéale ne se présentait toujours pas. Il était alors obligé de parler, de demander, d'avoir une petite idée de destination pour orienter la préposée à l'accueil. A chaque nouvelle idée de destination, il changeait d'agence.

C'est ainsi, qu'un jour, le voyant hésiter on lui proposa une croisière en méditerranée.

Il avait pensé à tout sauf à ça. La méditerranée, c'était si près !

C'est du cabotage, pensa-t-il.

Mais la jeune femme était jolie, elle portait un collier en perles d'ambre, ambre ou résine peu importait puisqu'il lui allait si bien. Collier qu'Antoine aurait aimé égrainer entre ses doigts pendant qu'elle pianotait sur le clavier de son ordinateur. Il aimait les petits accessoires féminins que l'on peut faire rouler entre le pouce et l'index tout en ayant l'esprit ailleurs.

Soudain elle s'arrêta de chercher, regarda l'écran et lui dit :

— Voilà ce à quoi je pensais.

Et Antoine dans sa rêverie entendit :

— Voilà la croisière que j'aimerais faire avec vous.

Mais il savait que c'était impossible parce que ces choses-là sont impossibles. Les filles derrière la table qui les sépare des clients potentiels ne disent jamais cela.

S'il lui avait proposé de partir avec lui, elle aurait refusé. Il continua à regarder son collier et se dit que si l'ambre était authentique, elle avait déjà fait la croisière avec quelqu'un d'autre.

Mais il était dans le filet, bien que ne le sachant pas encore, et il partit avec le catalogue dont la bonne page était cochée.

Une fois chez lui, il regarda la pile de catalogues multicolores qu'il avait amassés du jour où il avait décidé de se payer du bon temps.

Il s'était promis, jour après jour, de les éplucher tous ensemble, le même soir, lorsqu'il en aurait assez de courir les magasins. Alors, ce soir-là, il s'enivrerait de couleurs de mers bleu turquoise et de sommets pointus de montages enneigées. Cependant il se contenta d'ouvrir le dernier catalogue à la page cochée par la jolie fille et de considérer que tout le reste ne l'intéressait pas.

Le lendemain il alla à l'agence. La fille portait un autre collier mais qu'importait, ce n'était pas le collier qui l'avait décidé, croyait-il. D'ailleurs il ne savait pas ce qui l'avait décidé. Il n'avait pas réfléchi, c'était interdit.

Il choisit la bonne semaine au petit bonheur, car elles étaient toutes bonnes. Bien que ce fût la même chose, il refusa d'admettre qu'il avait fait appel au hasard. Il n'aimait pas utiliser ce mot en vain. Il préférait parler de « petit bonheur. »

L'agence s'occupa de tout, il n'eut qu'à payer ce qui pour lui ne fut qu'une formalité.

3

Debout sur l'un des ponts, accoudé à la balustrade, voir le quai du port s'éloigner l'amusa. C'était la première fois. La mer était d'huile il ne sentait rien et voyait le port reculer puis la ville puis la côte tout le continent s'éloignait de lui.

Il se demanda quelle sensation on pouvait ressentir en dormant en pleine mer. Mais, après tout, quand on dort, on n'éprouve aucune sensation, à moins de rêver ; encore faut-il faire un rêve nautique, sinon, si on rêve campagne et à plus forte raison montagne, on ne sait plus où l'on est le matin en s'éveillant et on s'étonne d'être entouré d'eau.

Il ne connaissait personne sur cet immeuble de dix étages tout blanc, sans fondations. Il aurait aimé ne pas être seul à regarder la côte s'éloigner ; il aurait voulu qu'ils soient deux, côte à côte, à voir fuir du même côté les grues colossales du port devenues peu à peu minuscules comme des jouets d'enfant. Alors il lui aurait mis le bras sur l'épaule et aurait senti son parfum. C'est cela qui lui manquait en ce moment, un parfum de femme.

Le parfum d'une femme c'est sa quatrième dimension c'est une fenêtre laissée volontairement entrouverte pour que l'imagination s'y engouffre et réponde à l'appel.

Il se dit alors que l'argent facilement gagné ne lui suffirait peut-être pas pour rompre la monotonie de son existence, et l'idée que cette croisière de luxe, toute payée d'avance, le déçoive, l'effleura. Casual avait-il pensé à tout ?

Il y avait plus de trois mille personnes sur ce bateau ; il était impossible que toutes soient comblées par la croisière. Il y en aurait certes bien quelques unes qui n'en auraient pas pour leur argent et il craignait être parmi elles.

Alors, tout à coup, il eut une pensée indulgente pour ces millionnaires qui semblent s'ennuyer tout le temps. Il comprit leur comportement blasé devant toutes ces merveilles qu'ils pouvaient s'offrir sans le moindre effort.

Les merveilles du monde ne procuraient-elles de l'émotion qu'à ceux qui avaient beaucoup transpiré pour les approcher ? Il se posa la question.

Il espéra qu'il ne deviendrait pas comme eux. Être riche oui, mais pas blasé. Il se rassura, si on peut dire, en pensant que les services secrets ne laisseraient pas le robinet ouvert indéfiniment et qu'il garderait toujours un pied sur terre.

L'idée de ne pas se sentir seul à bord de ce bateau, au milieu de tant de gens, avait traversé sa tête de façon fugitive et cela fut interprété comme un souhait par celui qui, de loin, lisait dans ses pensées et dirigeait maintenant sa vie. Le nécessaire fut fait le soir même et, pour ce qui est du parfum de femme, il fut comblé.

*

C'est au restaurant que tout a commencé. Comme la mer était plate, la salle était pratiquement pleine, lorsqu'il arriva. Il n'y avait plus de petites tables libres et le maître d'hôtel lui proposa de partager une table déjà occupée par une dame seule, Mme Fleming, si toutefois elle acceptait, bien entendu.

C'était une Américaine qui parlait le français parfaitement avec un accent adorable.

— C'est une personne très aimable, je serais surpris qu'elle refuse, lui dit-il.

Le maître d'hôtel connaissait certainement son métier, il fit quelques pas, parla à la dame qui regarda dans la direction d'Antoine en clignant des yeux car elle avait déjà rangé ses lunettes dans l'idée qu'elles ne serviraient plus ce soir-là.

Antoine vit le visage de la dame s'éclairer et le sourire qu'elle fit ne lui laissa aucun doute : elle acceptait.

Il ne savait pas quels mots il faut dire dans une telle circonstance. Bien sûr, cela lui était déjà arrivé de partager une table dans les petits restos où il déjeunait souvent à midi. Il suffisait alors de dire : « Vous permettez ? ». Mais ici, c'était autre chose, on était bien loin du plat du jour servi sur une nappe en papier et du petit café commandé en même temps que l'addition. Ici la table était ronde, avec une nappe blanche brodée, des assiettes portant le monogramme du bateau et des verres en cristal. La formule habituelle était insuffisante, cavalière, à la limite de l'incorrection. Il fallait trouver autre chose, monter d'un étage dans l'art du savoir-vivre. Il aurait dû y penser avant ; imaginer la scène au moment où il avait acheté le billet mais pouvait-il prévoir deux semaines plus tôt que la mer serait plate et le restaurant bondé ? Pourquoi Casual ne lui avait-il pas donné les premiers rudiments du savoir vivre dans la haute société?

En avançant vers la table il se dit que le maître d'hôtel avait fait le plus gros du travail et il se contenta de se pencher un peu en avant, une sorte de courbette en somme comme au siècle dernier, et, quand le maître d'hôtel lui avança la chaise, il salua Mme Fleming en ces mots : « Mes hommages, Madame, je vous remercie. »

— Assoyez-vous, Monsieur, je vous en prie, fit-elle d'un air décontracté.

Elle le trouva très jeune. Quelle aubaine ! En le voyant, elle eut envie de dire : Assoyez-vous, Jeune Homme ! Mais elle s'en garda bien car cela eut trahi la différence d'âge et elle s'y refusait absolument. Quand une femme appelle un inconnu « jeune homme », cela signifie qu'il ne se passera jamais rien entre eux. Il valait beaucoup mieux dire : « Monsieur ». D'ailleurs elle avait toujours l'âge de ses partenaires.

C'était une femme dont il eût été inconvenant de chercher à connaître l'âge car elle avait mis en œuvre tous les moyens existants pour en diminuer les effets. A en juger par sa façon de s'habiller, par ses bijoux, sobres mais si bien accordés avec sa robe, par le soin mis à se coiffer ou à se faire coiffer, elle avait sans aucun doute des moyens substantiels, comme probablement la majorité des gens présents sur ce bateau. Si sa fortune ne suffisait pas, hélas, pour diminuer le nombre de ses anniversaires, elle les rendait cependant moins apparents et il était difficile d'en imaginer le nombre exact. On était toujours en dessous de la vérité. Elle pouvait se permettre d'oublier ceux qu'elle avait réussi à cacher et réussissait plutôt bien.

C'est alors qu'Antoine respira son parfum, discret mais pénétrant, il s'en sentit entouré, enveloppé. Il ne connaissait pas ce parfum, d'ailleurs il n'en connaissait aucun. Certaines femmes qu'il avait connues de près sentaient bon, il en était resté là. Pour lui, il y avait deux sortes de femmes : celles qui sentaient bon et celles qui ne sentaient rien. Il n'aurait pas pu dire lesquelles il préférait, cela dépendait de l'humeur du moment.

Ici, c'était différent, tout en parcourant la carte, il respira volontairement deux ou trois fois, plus profondément que nécessaire comme s'il cherchait à coordonner les mets qu'il allait choisir avec l'odeur qui l'entourait.

Mme Fleming avait déjà commandé mais n'était pas encore servie, il ne pouvait pas attendre une aide quelconque de ce côté-là, à part peut-être le vin, du blanc, auquel elle avait déjà goûté et dont la demi bouteille trônait au milieu de la table. Cependant, l'étiquette était du mauvais côté. La situation était sans issue : qu'allait-il commander, qu'allait-il boire ? Il aurait donné la moitié du prix de la croisière pour pouvoir effleurer la bouteille et lui faire faire un demi tour.

Et s'il l'avait fait ? Quelle impertinence, quel manque d'éducation...

Cela ne se fait pas, voyons !

Si seulement il s'était renseigné sur les mœurs, sur ce que mangent, sur ce que boivent les passagers de première classe, avant de monter sur ce bateau. Il s'était précipité à l'aveuglette comme en service commandé.

Il regarda la carte et sourit à sa voisine.

— Il y a beaucoup de choix, dit-il.

— C'est vrai, tout est si appétissant quand la mer est plate.

Il sourit encore à court d'idées. Comment cet immeuble pouvait-il se soucier de l'état de la mer ?

Il ignorait que le moindre tangage provoquait chez beaucoup de personnes un tel dérèglement des fonctions vitales à vider presque entièrement la salle de restaurant et à provoquer la nausée à la seule pensée de toute substance à avaler hormis l'eau minérale pétillante.

Il prendrait du poisson, après tout on était en mer, et du vin blanc, oui du blanc, avec le poisson c'était logique, mais lequel ?

Le maître d'hôtel connaissait effectivement son métier, il prit la commande et ajouta :

— Puis-je vous recommander un Pessac 2004 ?

— Il est très bon, s'empressa de dire Mme Fleming, je vous le recommande.

— Alors il n'y a pas à hésiter. Une demi aussi.

Il n'avait plus besoin de voir l'étiquette, il savait maintenant ce qu'il faut boire dans ces cas-là à bord d'un bateau de luxe.

Ils furent servis presque en même temps.

Quand le premier plat fut sur la table, il sourit encore à Mme Fleming et brisa le silence en lançant :

— On ne se croirait pas sur un bateau.

Elle comprit tout de suite que c'était sa première croisière, la remarque qui vient à l'esprit la première fois, la phrase qu'elle avait elle-même prononcée quarante ans plus tôt. Cela l'amusa. Que faisait-il tout seul sur ce bateau à son âge ? Avait-il rendu un service quelconque à quelque milliardaire qui le récompensait ? Était-il un scientifique renommé, un grand acteur, un musicien célèbre ? Elles sont tellement nombreuses les jeunes célébrités actuellement. Pourquoi n'avait-il pas plutôt pris l'avion dans ce cas? Il est vrai que certaines personnes n'aiment pas l'avion, elles ont peur de tomber. Elles préfèrent, sinon se noyer, du moins affronter le risque d'une semaine de mal de mer plutôt que la certitude de deux heures d'angoisse. Et puis, c'est tellement fragile, un avion. Elles sont persuadées qu'en appuyant très fort avec leur pouce sur l'aile, elles feraient un trou ou du moins que cela laisserait des traces. C'est tout en aluminium, paraît-il, l'aluminium, ce n'est pas solide. Tandis qu'un immeuble flottant, c'est de l'acier. L'acier, c'est solide, c'est vieux comme le monde, cela a fait ses preuves. On peut donner des coups de pied partout, la coque ne s'en apercevra même pas.

 Elle avait connu les deux moyens de transport et avait fait son choix depuis longtemps. Mais lui, quel choix avait-il fait ? 0n était sur un bateau de croisière et non sur une ligne régulière. En fait, ce bateau n'allait nulle part ; il ne faisait que transporter ses passagers, que tourner en rond en somme, de port en port, d'île en île, de merveille en merveille.

 Alors une réponse plausible lui vint à l'esprit : C'était un virtuose et on aurait droit, ce soir ou demain, à un concert et il émerveillerait son auditoire, et tous applaudiraient, et elle aurait été la première à le voir, à lui parler, à faire sa connaissance, à faire sa conquête. C'était le privilège suprême.

Tous ces grands virtuoses sont d'origine modeste puisque les parents riches freinent de toutes leurs forces pour éviter à leurs enfants de devenir des artisans. Un musicien n'est qu'un artisan aux yeux de certains. Et quand ils sont jeunes et qu'ils n'ont pas encore compris que le monde leur appartient, ils gardent les manières timides, un peu gauches de l'époque où ils n'étaient rien.

Voilà ce que pensait en ce moment Mme Fleming. Elle en avait vu et entendu tellement de virtuoses quand elle fréquentait les salles de concert avec son « ex » puis, plus tard, les festivals toute seule. Mais elle n'avait jamais eu l'occasion d'en inviter un à sa table et mieux encore, un qui demandait l'autorisation de s'asseoir devant elle. Quelle chance elle avait ce soir ! Elle ne regrettait pas le temps qu'elle avait consacré à se préparer pour ce premier dîner en pleine mer. Elle avait changé de robe deux fois, pour bien la coordonner à ses bijoux, puis, satisfaite de l'harmonie ainsi obtenue, avait jugé que personne ne lui donnerait son âge, bref qu'elle était présentable et qu'elle pouvait sortir de sa cabine.

Il était temps, maintenant, au milieu de cette luxueuse salle à manger, de vérifier, une fois de plus, que son pouvoir de séduction était encore efficace. Il lui restait pour cela, le temps d'un plat, un dessert, un café et éventuellement un petit cognac.

Antoine remarqua le collier qu'elle portait : une petite chaîne en or avec un pendentif, un peu étrange, un peu exotique mais stylisé. Elle ne l'avait certainement pas acheté au cours d'une escale d'un précédent voyage, dans une boutique pour touristes. Il venait plutôt de la place Vendôme ou de la Trinity place à New York ou encore du quartier Piccadilly à Londres, endroits, la place Vendôme mise à part, qu'il ne connaissait pas mais dont il avait entendu parler.

Après sa maladresse boursière et son rappel à l'ordre, Antoine fut certain que la rencontre avec cette femme n'était pas fortuite. Le maître d'hôtel peut-être ? Qui sait ? Il y avait certainement un collègue de Casual sur ce bateau. Aurait-on besoin de lui à bord de ce bateau ? Devrait-il faire quelque chose dont il ne pourrait pas se vanter ? C'était dans les normes du contrat, il n'en doutait pas et il décida de croire qu'il faisait partie de l'organisation, de quelle organisation ? Là était le problème. Cela lui donna tout de même une certaine assurance. Il allait pénétrer dans un monde qui n'était pas le sien, pour quelques instants sans doute mais, qui sait ? pour plus longtemps peut-être. Pourquoi celui qui tirait les ficelles se serait-il dérangé jusqu'au milieu de la mer pour lui offrir un plaisir éphémère dans une salle de restaurant? Ce n'était que l'introduction, la mise en confiance, la suite allait arriver le soir-même peut-être.

On entendait maintenant, très faiblement, une musique douce, fade, musique de restaurant de luxe, elle n'était pas destinée à être écoutée ni même entendue, son rôle consistait à atténuer le bruit des couverts, et les gens se sentaient peut-être obligés de parler un peu moins fort pour ne pas trop la couvrir.

Cela lui rappela la musique en sourdine que son dentiste faisait diffuser dans sa salle d'attente pour atténuer l'appréhension de ses patients.

— Il y a même la musique, dit-il sans beaucoup enthousiasme, comme s'il trouvait que le détail était de trop.

Naturellement, pensa Mme Fleming, ce fond sonore doit être insupportable pour un virtuose, car dans sa tête cela ne faisait plus de doute, elle en avait fait un virtuose, et elle décida que commencer le processus de séduction en parlant assez fort.

Antoine était maintenant plus à l'aise, la pointe de timidité du début avait disparu et quand il hésita sur le couvert adéquat pour entamer le poisson, elle sourit intérieurement et se dit qu'après quelques gros cachets, le virtuose n'aurait plus ces petits problèmes d'accessoires conventionnels.

— La musique, ah oui ! Il en est toujours ainsi dans de tels endroits, c'est pour faciliter la digestion. Espérons que l'on aura un vrai concert, ce soir ou demain, de la vrai musique.

La ligne, l'amorce et l'hameçon venaient d'être jetés à l'eau, mais à son grand étonnement, cela n'eut aucun effet, pas la moindre touche. Seul un petit sourire amusé se dessina sur les lèvres d'Antoine. Se serai-elle trompée ? N'était-il pas le virtuose espéré ? Son illusion s'évanouit bientôt quand il lui demanda innocemment :

— Il y a des concerts tous les soirs sur ce bateau ?

— Sur celui-là, je ne sais pas, mais c'est souvent le cas.

Ce n'était donc pas lui, le pianiste escompté. Il n'aurait tout de même pas osé se moquer d'elle à ce point et paraître deux heures après en smoking sur l'estrade du salon de musique ? Il devait bien être quelque part, le vrai, peut-être même dans cette salle, mais ce n'était pas lui. Elle regarda ses mains, il n'avait pas des mains de virtuose, mais cela ne se voit pas toujours sur les mains pour peu qu'elles soient soignées.

Elle en fut déconcertée, elle avait laissé déborder son imagination. Depuis quelques instants elle s'était remémoré quelques noms de pianistes célèbres qu'elle s'apprêtait à sortir mais maintenant l'initiative devenait inutile. Tout était à reprendre à zéro.

Cette femme avait gardé ce côté imaginatif, cette part de rêve qu'elle se forgeait depuis l'adolescence et qui ralentissait encore un peu plus la marche du temps. Elle était loin d'avoir atteint l'âge dangereux où la débâcle s'annonce.

Elle regarda en face d'elle et trouva qu'Antoine était beau. Après tout, il était bien quelque chose, puisqu'il était là. Et même s'il n'était rien, puisqu'il était beau cela suffisait. N'est-ce pas la meilleure des qualités ?

— C'est excellent, fit remarquer Antoine après les premières bouchées.

— C'est toujours excellent chez vous, vous savez bien. Mon ex-mari qui adorait la France me disait qu'il n'avait jamais été déçu. Il associait tous les grands parfums qu'il m'achetait et les saveurs des restaurants auxquels il m'amenait. C'était l'un de ses plaisirs favoris. Il n'y a que les fromages qu'il n'a jamais pu avaler.

— Ah ! la France sans fromages..., disait-il. Mais il ne terminait jamais sa phrase.

Antoine souriait avec une certaine fierté tout en pensant aux repas qu'il faisait souvent sur un coin de table d'un bistrot enfumé en laissant sur le bord de l'assiette les feuilles de salade trop flétries, le tout accompagné d'un verre d'eau du robinet.

Le repas se poursuivit ainsi entre un représentant de l'ancien continent infortuné, héritier de l'art de la table le plus subtil, et une Américaine qui avait les moyens d'en apprécier toutes les saveurs.

— Et vous, Monsieur, que faites-vous dans la vie ?

Elle ne parut pas surprise de la réponse que lui fit Antoine. Après tout, un métier ou un autre, du moment qu'il n'était pas virtuose, il n'avait aucune angoisse à exprimer.

Il ne posa pas la même question. Il savait bien qu'elle ne faisait rien d'autre que de dépenser sa fortune. Avait-elle jamais fait autre chose dans sa vie ? Peut-être pas. Être riche, si ce n'est pas un métier, c'est tout de même une occupation à plein temps.

Elle devina parfaitement ce qu'il pensait et lui sut gré de changer de sujet.

« On n'interroge pas une femme de mon âge sur son passé, bien qu'il ne connaisse pas mon âge et me croie plus jeune », pensa-t-elle. Et cela il le sait. Il est plein de tact ce garçon. Il n'est pas virtuose mais il est plein de tact !

A partir de cet instant elle prit les choses en main et la conversation prit un ton convivial comme s'ils se connaissaient depuis longtemps. En même temps les sujets qu'elle amorçait devenaient de plus en plus intimes et ils parlaient moins fort, parfois même ils chuchotaient, comme s'ils ne voulaient pas que quelqu'un d'autre en entende une seule bribe, ni même qu'un inconnu puisse lire sur leurs lèvres. Et ils étaient si près. Ils prirent leur dessert machinalement, tout en échangeant des mots, sans même se rendre compte s'il était succulent ou pas ; cela les laissait totalement indifférents. Seuls les propos de l'autre comptaient.

Sur le pont, il faisait très doux et la lune qui s'était levée depuis peu, jetait sur la mer, jusqu'à l'horizon, une gerbe de lumière miroitante et argentée. Déjà sur les mains courantes du bateau la rosée commençait à perler.

Ce qui manquait à Antoine en quittant le port à cette même place ce matin, était une femme et son parfum. Il avait maintenant le parfum mais pas encore la femme. Demain peut-être ? Pas sûr, pensa-t-il.

Dès que la brise se leva doucement elle sentit la fraîcheur, voulut rentrer.

— A demain, fit-elle en lui souriant.

Il aurait dû l'accompagner jusqu'à la coursive, lui souhaiter une bonne nuit en bas devant sa porte, leurs deux cabines n'étaient pas éloignées, quitte à revenir sur le pont s'il n'avait pas sommeil, mais il était resté planté là regardant l'horizon totalement vide. Il comprit presque tout de suite qu'il avait eu tort et alla se coucher. Quel manque de tact ou plutôt quel manque d'habitude, pensa-t-il.

Il se sentit maladroit, intimidé, c'était ridicule, lui, si sûr de lui sur la terre ferme.

Il mit assez longtemps à trouver le sommeil. Le changement brusque de rythme de vie, se trouver sur ce bateau, dans cette cabine, dans ce lit qu'il ne connaissait pas, c'était normal qu'il ne puisse s'endormir. Mais non, ce n'était pas ça, c'était cette femme qui occupait ses pensées et qui le tenait éveillé. Il essayait d'en imaginer davantage sur elle, de prévoir ses réactions, de savoir, en fait, pourquoi elle était là, elle aussi. Et lui, pourquoi était-il là ? Il ne le savait pas vraiment lui-même. Avait-il vraiment choisi tout seul de faire une croisière sur ce bateau ? Il avait eu tort de lui dire qu'il était informaticien. Que peut-on répondre à quelqu'un qui vous avoue un métier pareil ? C'est le degré zéro de la conversation. Quelle phrase aurait-elle pu enchaîner, quel détail aurait-elle pu demander ? Il aurait pu lui dire, sans mentir, ou du moins lui faire comprendre qu'il travaillait pour les services spéciaux. Quels services spéciaux, il n'en savait rien mais elle n'aurait pas insisté, elle aurait fait jouer son imagination, elle aurait rêvé, sans poser de questions. Elle aurait imaginé des situations dangereuses à l'autre bout du monde comme dans les films. Oui, elle connaissait les villes au nom mythique où tout cela se passe. Elle aurait peut-être regardé si une dissymétrie de sa veste ne dissimulait pas un pistolet avec une balle engagée dans le canon.

Quelle porte d'entrée pour lui, quel boulevard ! Quel piège mortel pour une femme en manque de sensations fortes !

Il repensa au contrat passé avec Casual. Casual, son chef de service en quelque sorte., et même plus que cela, celui qui préparait les coups dont il serait tôt ou tard l'exécuteur. D'ailleurs s'il était sur ce bateau ce n'était peut-être pas pour rien. Le maître d'hôtel semblait être au courant. Il se passerait bientôt quelque chose sur ce bateau. Oui, il était un agent secret bien que personne ne lui ait jamais attribué de titre.

D'un coup il se leva, s'habilla et remonta sur le pont. L'endroit était désert, il ne vit qu'une légère brume au loin qui l'empêchait de distinguer clairement l'horizon.

L'air frais qui traversait librement le bastingage le réveilla complètement et remit ses pensées à un niveau plus raisonnable. Il n'appartenait pas aux services spéciaux ; il avait simplement passé un contrat avec un inconnu à l'allure douteuse pour améliorer son quotidien comme on fait un emprunt pour sortir d'un mauvais pas. C'était tout. Il s'imagina racontant cela à madame Fleming et se trouva ridicule. Le mieux était de ne pas rester dans l'humidité qui perlait partout sur le pont et d'aller dormir au sec.

Cette fois le sommeil s'empara de lui rapidement et lorsqu'il se réveilla, il était neuf heures passées.

*

C'est en entrant dans la salle du restaurant qu'il la vit à travers la porte vitrée, sur l'autre pont, étendue sur un transat, dorée par le soleil du matin.

En moins de dix minutes il expédia son déjeuner, lui qui d'habitude prenait régulièrement une bonne demi-heure pour déguster son jus d'orange, un ou deux fruits et tremper deux ou trois tartines dans un grand bol de café au lait.

Il arriva presque essoufflé sur le pont pour saluer madame Fleming.

— Vous avez fait la grasse matinée, lui dit-elle en lui montrant d'un petit geste le transat libre à côté d'elle.

— J'ai eu de la peine à m'endormir puis à me réveiller. Vous permettez ?

Elle ne répondit pas, ce n'était pas la peine. Il savait très bien qu'elle permettait. Elle se tourna un peu sur le côté montrant ainsi qu'elle était prête à l'écouter.

Il ne lui dit pas que ce serait une belle journée, que le soleil était déjà chaud et qu'on était bien sur ces transats comme si pendant la nuit on lui avait fait la leçon et expliqué qu'elle ne se contenterait pas indéfiniment de prémices, qu'il était temps de laisser ces banalités de côté et d'en venir tout de suite aux choses plus substantielles.

Maintenant qu'il était là, allongé, bien reposé, la tête froide, il pensa, qu'après tout, un informaticien peut très bien travailler pour les services spéciaux et avoir une vie mouvementée et il se dit qu'à la première occasion il orienterait la conversation de ce côté-là en prenant bien soin de rester le plus énigmatique possible pour être crédible. D'ailleurs il ferait bien puisqu'il ignorait tout de l'organisme pour lequel il croyait travailler.

La chance lui sourit quand il entendit son téléphone sonner. Encore un « sms ». Il ne le lut pas et remit son appareil en veille.

— Vous rendez-vous compte si trois mille personnes téléphonaient en même temps sur ce bateau ? Cela ferait un beau casse tête pour les organismes qui nous écoutent, car, paraît-il, tout est écouté et enregistré par les services spéciaux.

Mais madame Fleming n'avait rien à faire des services spéciaux. Elle avait dépassé l'âge d'être séduite pas des héros de cinéma et le danger encouru par ces gens-là la laissait froide. Elle trouvait que la grande qualité d'Antoine, celle qui enrobait toutes les autres, était sa jeunesse. Elle savait que lorsque on y met les moyens, que l'on a le temps et que l'on en a la capacité, on peut façonner un homme jeune au point qu'il ne reconnaisse plus son passé et même qu'il se sente gêné en l'évoquant et cherche à l'oublier. Quel plaisir de pétrir un homme suivant son goût. Elle avait essayé plusieurs fois sans succès car les hommes qui avaient compté dans sa vie n'étaient plus de première jeunesse lorsqu'elle les avait connus. Ils avaient déjà leurs goûts bien ancrés ainsi que leurs habitudes et même leurs manies. Bref, avec eux c'était trop tard ils étaient déjà trop riches.

Un homme, c'est comme un pommier, si vous voulez le façonner en espalier il ne faut pas attendre qu'il ait quarante-cinq ans.

Avec Antoine, elle ne savait pas encore qu'il s'appelait Antoine, cela pouvait être possible. Elle s'étonna que, le connaissant seulement depuis la veille, une telle idée puisse traverser son esprit, et, mieux, s'y installer et l'obliger à ne penser qu'à ça. Quelques années auparavant, elle se serait fait désirer, aurait feint l'indifférence totale puis peu à peu se serait laissé conquérir ; mais à partir d'un certain âge les idées arrivent très vite ou bien pas du tout. On n'a plus le temps de faire des manières.

Maintenant ils étaient de nouveau debout car le bateau arrivait à Malte. Appuyés contre le bastingage à la même place que la nuit précédente ;

ils avaient l'impression d'être restés là depuis la veille et d'avoir parlé sans s'arrêter pour se sonder, pour se connaître, pour devenir intimes. Et pourtant ils savaient encore peu de choses l'un de l'autre. Ils s'observaient plus qu'ils ne se livraient et en frôlant les fortifications imprenables de La Valette ils pensèrent ensemble, sans se concerter, sans même échanger un regard complice, qu'il fallait trouver une autre méthode pour savoir qui ils étaient vraiment.

Ce fut la descente à terre qui leur en fournit l'occasion.

Des excursions en groupe furent organisées mais ils voulaient être seuls :

— Je connais, lui dit-elle. Mais c'est la première fois que je débarque ici ; la dernière fois c'était par avion avec mon « ex ». Il voulait absolument acheter un tableau abstrait, une horreur hors de prix.

Il n'avait pas très bon goût, mais il était gentil et pour me faire plaisir, il renonça à l'achat. Je m'étais promis de revenir un jour sans lui.

Antoine ne lui demanda pas si cet « ex » était celui qui n'aimait pas les fromages français ou si c'était un autre. Après tout, elle avait sans doute des moyens d'avoir eu plusieurs « ex ».

Elle l'entraîna directement à la cathédrale. Ils longèrent la nef, marchant sur les pierres tombales de personnages illustres pour arriver à l'oratoire. Et là, dans cette prison de cinq mètres par trois, ils assistèrent comme témoins forcés à la décollation de saint Jean-Baptiste. Le grand chef-d'œuvre du Caravage s'étalait devant eux et les obligeait à regarder sans échappatoire possible. Aucun mot ne fut échangé. Antoine tourna son regard vers le côté du tableau pour échapper à la lumière violente qui en éclairait le centre et là pendant un instant, en scrutant le visage de Salomé qui tendait le bassin, il lui trouva une certaine ressemblance de visage avec madame Fleming.

Si elle avait pu lire, à ce moment-là, dans les pensées d'Antoine comment aurait-elle réagi ?

Combien de temps restèrent-ils dans l'oratoire ? Jusqu'au moment où elle le prit par le bras pour l'inviter à sortir.

Quand ils furent dehors, au soleil, il éprouva le besoin de prendre un bain de lumière pour se défaire de l'oppression qu'il avait ressentie, pour se laver de cette souillure qu'il avait subie et qu'il traînait encore sur lui, une fois dehors. Il tourna sur lui-même deux fois, ouvrit grand la bouche en respirant fortement pour que la lumière y pénètre totalement.

Quand il se sentit mieux, quand il fut enfin lavé, il entendit la voix de madame Fleming qui lui disait :

— C'est ce tableau-là que je n'ai pas pu voir la dernière fois.

En descendant du bateau, une heure avant, Antoine s'était imaginé qu'ils allaient flâner le long des boutiques pour touristes et qu'elle achèterait éventuellement quelques cartes postales pour les écrire le soir sur le pont couvert. C'était loin d'être le cas. Madame Fleming n'envoyait jamais de cartes postales. Qui donc était-elle cette femme qui l'avait mis si mal à l'aise ? Il souffla une dernière fois bruyamment pour évacuer les dernières traces d'air vicié respiré dans ce cachot. Il avait l'impression de retrouver la liberté après un long séjour dans une sinistre prison et en même temps il venait d'être confronté à l'un des sommets de l'art. Il était initié par une femme dont il ne découvrait pas le point faible qui lui aurait permis de la conquérir.

Au lieu de l'amener dans un café chic avec vue sur mer, propice à toutes les avances, elle l'avait conduit dans une prison. Elle venait de l'autre bout du monde pour voir une décollation.

Pour une première approche de la peinture, il aurait préféré une scène de genre. Il aurait dit : « C'est joli, n'est-ce pas ? C'est bien fait, comme les visages sont souriants ! »

Mais elle n'était pas venue pour ça et avait été droit au but. Elle avait bien senti que les entrailles d'Antoine s'étaient contractées au point de l'étouffer, mais c'était voulu : il avait donc des entrailles ce garçon-là, des entrailles capables de se crisper. Elle en avait maintenant la certitude et cela lui fit grand plaisir.

Ils firent quelques dizaines de mètres en descendant la rue. Ils étaient très près l'un de l'autre mais ne se parlaient pas comme s'ils avaient voulu décompresser, se refaire une santé. Ils s'arrêtèrent devant une boutique qui vendait des écharpes. Elle entra, il la suivit. Elle tata l'étoffe et la tourna vers lui pour qu'il dise s'il la trouvait jolie. C'est vrai qu'elle était belle cette écharpe. A ce moment, le patron se leva du fond de la boutique, un gros homme chauve à la tête couverte de gouttes de transpiration. Il s'approcha et la salua avec le grand sourire commercial classique comme si la vente était pratiquement acquise. En revanche il n'eut pas un mot, pas un simple signe de tête, pour Antoine.

Les prenait-il pour la mère et le fils ? C'est ce qu'elle pensa aussitôt et avant qu'Antoine ait pu dire que l'écharpe lui plaisait, elle tourna le dos au patron et quitta l'échoppe. Antoine ne comprit pas la cause de ce brusque changement d'humeur mais n'osa rien demander.

Ils sortirent des remparts et prirent un taxi pour Mdina.

C'est à Mdina que tout prit forme. Ici pas de voitures pas de magasins de futilités. Ville de l'architecture du baroque silencieux, on n'entend que ses propres pas sur les dalles qui couvrent les allées, on saisit tous les mots échangés avec toutes leurs nuances en suivant les ruelles de pierres dorées. C'est le moment, c'est ici et maintenant qu'il faut poser les bonnes questions et en attendre les bonnes réponses.

— Quel est votre prénom ? Chaque fois que je pense à vous je dis « il » dans ma tête.

Antoine sut ainsi qu'elle pensait à lui quand ils n'étaient pas ensemble.

— Moi aussi quand je pense à vous je dis « elle », ça ne peut pas durer !

Et ils éclatèrent de rire tous les deux. Il sut alors qu'elle s'appelait Karen.

A partir de ce moment tout changea comme s'ils se connaissaient depuis longtemps et qu'ils avaient décidé de faire une croisière ensemble, une croisière de couple.

Antoine savait que sa jeunesse était son principal atout. Son âge faisait passer au second plan son manque de culture. Il l'excusait en quelque sorte. Ce n'était pas entièrement sa faute s'il n'avait jamais entendu parler du Caravage avant ce matin.

— Ils sont tellement nombreux ces peintres, personne ne les connaît tous, lui dit-elle du ton le plus simple, avant qu'il ait pu se justifier.

Il avait passé beaucoup trop d'heures devant son écran d'ordinateur. Deux jours avant il croyait maîtriser la technologie galopante mais maintenant il découvrait son côté desséchant. Ce monstre tentaculaire que personne ne maîtrise vraiment et qui a parfois des caprices subits qu'aucune logique ne justifie. Il avait l'impression d'avoir du retard à rattraper sans savoir au juste par où commencer. Et pourtant, elle n'avait rien fait pour l'humilier, bien au contraire. Elle ne le souhaitait pas mais il fallait qu'elle sache où il en était pour pouvoir se l'attacher sans provoquer de conflits. Elle lui parlerait d'art, d'abord à petites doses pour voir si cela l'intéressait.

Il vint subitement à l'esprit de Karen qu'il y avait d'autres valeurs que la culture. Il y avait le charme. La culture, après tout, s'apprend tandis que le charme, on l'a en naissant ou on ne l'a pas. Elle avait besoin d'un homme qui ait du charme. C'était le cadeau qu'elle voulait s'offrir maintenant. C'est ce qui lui avait manqué depuis toujours, un partenaire qui rayonne, qui vous attire sans que l'on sache vraiment pourquoi, c'était le cas avec Antoine.

Fallait-il avoir longtemps vécu dans l'opulence pour découvrir que le charme existe aussi loin des banques et qu'il se suffit à lui-même ?

Elle se sentait bien ce matin, grâce à lui. Elle ne cherchait pas un nouveau mari. Du dernier elle n'avait retenu que les mauvais côtés; sa vie de femme mariée était derrière elle.

Elle avait passé sa vie à faire des projets et à anticiper pour les réaliser. Toujours courir derrière des nouveautés sans jamais souffler un instant pour goûter le plaisir du moment. Maintenant elle ferait le contraire, elle avait évalué sa fortune et le temps qui lui restait pour la dépenser. Il était temps de commencer. Car l'entreprise était immense.

Ils déjeunèrent dans un restaurant de rêve, avec vue sur l'horizon lointain.

Une petite brume estompait progressivement les détails au fond du paysage. Cela dut rappeler quelque chose à Karen, comme un regret, elle regarda Antoine et lui dit :

— Si j'étais un bon peintre, je ferais un paysage avec un coin de la terrasse et la vue lointaine que l'on a d'ici.

Autrefois je barbouillais un peu. J'aimais jouer avec les pinceaux, faire les gestes des grands maîtres, le résultat n'était pas au rendez-vous mais cela me procurait un certain plaisir. Il y a une certaine sensualité à manipuler les objets de la création artistique. Mon « ex » ne comprenait pas, il haussait les épaules en disant : « Pourquoi tu t'obstines à faire un mauvais tableau au lieu d'en acheter un bon ? » Il était vexant. Comme si on pouvait tout acheter. Cela m'énervait et je jetais toutes mes toiles avant même qu'elles soient finies. J'en ai gardé une, toute petite, que je n'ai jamais montré à personne.

Ce qu'elle disait-là fit grand plaisir à Antoine. Elle n'était donc pas parfaite cette femme, elle descendait de son piédestal et cela les rapprochait. Si elle descendait quelques marches et lui de son côté faisait l'effort d'en monter quelques unes, tous les espoirs seraient permis. Il se sentit décomplexé. Il soupçonna qu'elle avait une grande fortune ce qui paradoxalement lui redonna confiance en lui car lorsque le chiffre est trop important on ne se sent pas concerné et les millions ou les milliards des autres ont presque la même sonorité lointaine. Il était bien, maintenant, vraiment très bien. Il possédait, lui-aussi, une certaine richesse qu'il était bien décidé à faire valoir.

*

Le bateau avait navigué toute la nuit dans une mer toujours aussi plate. Ce ne fut que le matin qu'ils s'aperçurent du changement de port.

La grande digue du port d'Alexandrie apparaissait déjà à quelques centaines de mètres de la proue du navire à ceux qui avaient eu le courage de se lever tôt.

Antoine se réveilla lentement. Il ouvrit et referma les yeux plusieurs fois avant de se décider à s'asseoir sur le lit. Il fut surpris, comme s'il avait tout rêvé. Il ne voyait pas les choses ainsi, avant cette nuit. Il avait des préjugés sur les femmes qui n'étaient plus très jeunes. Il n'aurait pas pensé ; non, il n'aurait pas pensé.

Pendant le petit déjeuner il resta pensif, il terminait sa nuit. Il avala son café lentement en plongeant dans la tasse le bout d'un croissant, chose qu'il ne faisait jamais quand il était seul.

— Vous n'êtes pas complètement réveillé. Il faut que vous preniez des forces, nous aurons une rude journée pour visiter Alexandrie.

Cette femme était-elle donc inépuisable ?

Il s'étonna qu'elle le vouvoie encore. Ils s'étaient pourtant tutoyés toute la nuit. Pourtant, en y réfléchissant bien, il s'aperçut qu'ils n'avaient échangé que très peu de paroles, aucune phrase substantielle qu'il aurait pu retenir, ce n'était pas le moment, et elle avait rejoint sa cabine pendant qu'il dormait encore.

A quoi avait-elle pensé durant cette nuit ? Avec qui avait-elle fait l'amour ? Avec un autre peut-être. Alors il n'avait été que l'instrument chargé de faire resurgir un beau rêve du passé que cette femme gardait en réserve au fond de sa mémoire et qu'elle ne pouvait pas faire revenir toute seule. Quelle tranche de sa jeunesse venait-elle de revivre cette nuit-là ? C'était sans doute pour cela qu'elle n'avait pratiquent rien dit durant la nuit et le matin venu et le petit service rendu, elle le vouvoyait comme elle le faisait la veille.

Il n'y avait eu aucune avancée favorable pour lui, pensait-il.

*

Par la verrière de la salle à manger on apercevait maintenant le quai qui défilait lentement par le côté. Dans moins d'une heure on serait amarré à Alexandrie.

En quittant la table, ils croisèrent le maître d'hôtel qui les salua d'un « Bonjour, Madame, bonjour, Monsieur » quatre mots liés entre eux comme s'il savait.

Antoine était persuadé qu'il savait et sans doute plus encore, comme s'il y était pour quelque chose.

S'il avait évoqué la question avec madame Fleming elle aurait haussé les épaules en disant :

— Quelle idée saugrenue : Où allez-vous chercher cela? Ils ont tous la même allure ces maîtres d'hôtel. J'en ai tellement vu.

Il garda pour lui cette pensée déraisonnable sans réussir à s'en débarrasser totalement.

— Je ne suis jamais allée à Alexandrie ; si vous préférez on fait une excursion avec l'un des groupes.

Mais il n'avait pas envie de se mêler à un groupe. Ce qu'il voulait c'était être avec elle, seul avec elle dans la foule, se perdre tous les deux dans les rues d'un monde qu'il ne connaissait pas, jusqu'à l'heure du retour au bateau.

Ils ne disposaient que de six heures à terre.

Ils se retrouvèrent plongés brusquement, dès la sortie du port, dans les ruelles bruyantes de la ville, le monde pour eux avait changé. Là, tout n'était que détails : pommes, oranges, navets, betteraves rouges et poules vivantes. Ils ne pouvaient ni ne voulaient rien acheter. Qu'auraient-ils fait de tout cela à bord ? C'était l'agitation, le bruit, les couleurs, les odeurs, tout cela mêlé qui les intéressait ; tout ce qui avait été supprimé sur leur île flottante. C'était ça, la vraie vie, non pas celle, toute réglée, que l'on paye à l'avance et dont les détails mineurs se règlent à la fin, mais cette compilation de détails qui se mangent, se portent ou se transportent constituant ainsi l'existence banale et quotidienne des gens normaux.

Ils restaient toujours l'un contre l'autre pour ne pas se perdre de vue mais ils se rendaient bien compte qu'ils ne faisaient pas partie du paysage. Ils étaient des pièces rapportées, jetées là pour quelques heures, et disparaîtraient avant la fin du jour.

Ils parlaient peu en marchant, ils savouraient, mais rien n'était prétexte à de longues phrases, et après un long moment, ils se sentirent saturés et eurent besoin d'un endroit plus calme. Elle surtout, lui, serait bien resté encore un moment au milieu des échoppes.

En quelques minutes, ils furent sur l'avenue du 26 septembre. Ici, c'était tout aussi bruyant, mais tout était brusquement devenu grandiose : la mer qui les accompagnait tout le long de leur marche et aux deux extrémités de la baie des monuments célèbres. Ils étaient à mi chemin entre la forteresse et la bibliothèque.

— J'avais besoin de marcher sur la terre ferme, lui dit-elle. Il faut de temps en temps retrouver ses repères, sur ce bateau on finirait par ne plus rien maîtriser, ne croyez-vous pas ?

Cette phrase inquiéta Antoine ; lui était-elle destinée pour qu'il comprenne que tout a une fin ? Il ne répondit pas, la regarda pensif et elle comprit trop tard qu'il avait mal interprété sa pensée.

Alors ils firent une halte. Le café était sur une avancée, tout à fait au bord de l'eau, séparé de la route par un mur de verre qui en atténuait beaucoup le bruit.

Il fallait qu'elle parle pour lui faire retrouver le visage souriant qu'elle aimait.

Elle évoqua le temps qui passe et notre pouvoir à ralentir sa marche.

Antoine ne s'était jamais aperçu que le temps passait. Il lui semblait immobile comme sa santé, son énergie, sa virilité.

Il y a dix ans ou maintenant c'est pareil, se disait-il.

Il ne comprit pas l'allusion de Karen, elle n'avait pas été suffisamment explicite. Il était trop jeune pour comprendre à demi-mots. Elle s'en aperçut et en fut chagrinée sans le laisser paraître.

Elle se rattrapa en disant :

— Profitons bien du lieu, on est si bien ici.

Un tiers du temps de l'escale était déjà écoulé mais elle ne regarda pas sa montre.

Ils étaient hors du temps devant la mer immense, seuls en face l'un de l'autre. Personne ne pouvait entendre les mots échangés, chacun devait garder pour soi les phrases de l'autre et en analyser la portée. Alors Antoine pensa que le lieu et l'heure se prêtaient à faire un pas de plus l'un vers l'autre qui rendrait le lien partiellement tissé assez solide pour dépasser la durée de la croisière. Et il se lança :

— Tu veux boire un autre café, une boisson fraîche ?

— Oui, un jus d'orange, volontiers, et vous ?

La tentative d'Antoine venait d'échouer. Ils se tutoyaient la nuit et se vouvoyaient le jour, il trouvait ça ridicule mais il fit machine arrière.

— Pourquoi ne voulez-vous pas qu'on se tutoie ?

— Parce que si je vous disais « tu », j'aurais l'impression de voyager avec mon fils, or vous n'êtes pas mon fils, vous êtes mon amant.

Son amant ou un simple caprice ? Se jouait-elle de lui en tenant ses distances ?

— Vous avez un fils ?

— Non, c'était une simple phrase pour vous faire comprendre pourquoi je préfère vous dire « vous ».

Antoine, persuadé qu'il n'arriverait pas à la faire changer d'avis, n'insista pas. Il n'évoqua pas la différence entre la nuit et le jour, cela eût été maladroit. Il ne fallait pas la pousser à se justifier une nouvelle fois.

Elle venait de lui faire sentir la différence d'âge, dans quel but ? Tout cela finirait-il dans quatre jours ?

En réalité, Karen n'avait pas envie de lui rappeler la différence d'âge, bien au contraire, elle avait tout fait pour qu'elle n'apparaisse pas. Mais comme chaque fois qu'elle l'avait contrarié, elle savait compenser et lui parla d'amour.

— J'ai une amie dont le mari la vouvoie. Je lui ai demandé à plusieurs reprises quel effet ça faisait. Elle m'a répondu qu'elle se sentait courtisée, elle a ainsi le sentiment qu'elle ne lui a pas totalement cédé, qu'elle peut encore se faire désirer, qu'elle pourrait éventuellement en choisir un autre, qu'elle peut encore dire « non », bien qu'elle ne puisse plus compter les nombreuses fois où elle lui a dit « oui » et les tout aussi nombreuses fois où elle a été demandeuse.

Les femmes aimeraient que chaque fois soit une toute première fois renouvelée, surtout lorsque la première fois a eu lieu il y a bien longtemps et qu'elles en ont oublié un peu les détails. Elles cherchent le moyen d'y parvenir. Il y en a qui réussissent.

Au lit, en revanche, ils se tutoient mais leurs conversations sont assez répétitives d'après ce que m'a dit mon amie, cela ne porte pas à conséquence.

Comme nous, pensa Antoine qui ne comprenait pas à quoi menait ce jeu ; il aimait rompre la glace le plus tôt possible et trouvait que tout cela n'étaient que des histoires de vieux.

Mais Karen, pourquoi ne voulait-elle pas ? Était-ce une façon de refuser son âge ? Voulait-elle simplement imiter son amie, une fois, pour voir l'effet produit ? Mais peut-être faisait-elle cela aussi avec ses autres amants ; il n'était sans doute pas le premier. Pourquoi aurait-il été le premier ? Tout cela restait pour lui un mystère.

Il fallait retourner au bateau car il n'attendait pas les retardataires.

L'escale à Alexandrie avait été une longue conversation sur l'amour des autres.

*

La première personne qu'ils virent en revenant sur le bateau fut le maître d'hôtel qui passait d'un pas assuré à une dizaine de mètres de la passerelle.

Antoine pensa que ce n'était pas une coïncidence. Cet homme voulait s'assurer qu'ils revenaient bien ensemble comme ils étaient partis, ce qui signifiait pour lui qu'aucun nuage ne les avait survolés, aucune ombre ne s'était faufilée entre eux. Tout se déroulait comme prévu, suivant les normes préétablies.

Casual allait-il recevoir un message confirmant que tout allait bien ? Le maître d'hôtel avait déjà son portable à l'oreille.

Il n'y avait pas de doute, cet homme-là avait un second métier sans doute plus important et plus lucratif que le premier. Mais que faire, se montrer plus discret, faire comme si rien ne s'était passé, pour voir comment il réagirait ? C'était impossible. Antoine ne pouvait pas. Il ne voulait pas. Le moindre signe de tiédeur de sa part, le moindre geste d'indifférence, pouvait tout faire basculer, et détruire dans l'œuf sa relation avec Karen.

Et si tout cela était le fruit de son imagination, si le maître d'hôtel se moquait éperdument de leur liaison ? Il en avait sans doute vu beaucoup d'autres amours éphémères qui s'étaient évanouis à la dernière escale et même parfois à l'avant dernière. Il pourrait en raconter des anecdotes, une fois sur la terre ferme.

Antoine ne maîtrisait pas bien ses pensées en ce moment. Tant de choses s'étaient passées ces derniers temps dans sa vie, tant de changements avaient eu lieu depuis deux jours ! Il ne gérait pas tout. En fait il ne gérait plus rien. Il se laissait porter par la lente respiration de la mer dont les ondulations faisaient osciller lentement le bateau et par sa nouvelle compagne qui s'efforçait d' effacer de son esprit les quelques repères qu'il croyait encore détenir.

Il décida de ne plus penser au maître d'hôtel, de l'ignorer, de nier son existence. Il n'y avait aucun rapport entre cet homme et Casual. Aucun. Aucun. C'était l'évidence même. Il le répéta mentalement avec suffisamment de fermeté pour que son cerveau accepte le verdict comme la seule vérité et cesse de lui empoisonner l'existence. Il était en conflit avec ses propres pensées qui lui pourrissaient la vie.

*

Le bateau quitta les quais d'Alexandrie par une mer d'huile. Personne ne manqua le repas du soir. Une légère brise terrestre portant avec elle un peu de la chaleur de l'après-midi empêchait la rosée de se déposer sur le pont et beaucoup firent quelques pas avant de rejoindre leur cabine pour certains et les salons de jeu pour d'autres.

La nuit de Karen et d'Antoine se passa comme s'ils étaient dans une suite d'un grand hôtel au bord de mer.

Avant de s'assoupir, tout en suivant la suave respiration de Karen apaisée, il repensa aux propos qu'elle avait tenus l'après-midi à Alexandrie. C'était toujours après coup qu'il ressentait la justesse de ses réflexions, sur le moment, cela se déroulait trop vite pour qu'il puisse peser les mots. Ce n'est que quelques heures après, voire le lendemain, que Karen se rendait compte si ses coups avaient porté.

Ils s'étaient réveillés tard, ils n'avaient pas d'heure puisque le bateau naviguerait toute la journée. On ne verrait que la mer. On était en route pour Venise.

*

Ils avaient une grande journée à Venise : ils étaient arrivés tôt le matin et ne repartiraient qu'en fin d'après-midi. Les inscriptions pour les groupes de visites étaient commencées depuis la veille mais Karen Fleming savait où aller, elle n'avait besoin d'aucun guide, d'ailleurs elle avait quelque chose d'important à faire, juste après le déjeuner.

Ils prirent le 5.1 pour ne pas faire comme tout le monde jusqu'à San Zaccaria.

— On y sera plus vite, ces vaporetti me donnent le mal de mer et puis on marchera, ça nous fera du bien, lui dit-elle.

Docilement il accepta, elle avait l'air tellement certaine de ce qu'elle proposait. Pourquoi la contrarier ?

Il y avait beaucoup de monde comme toujours sur la place. Ils n'y restèrent pas longtemps. Elle lui servit de guide car il n'était jamais venu.

Il se laissa mener comme un touriste ordinaire tout occupé à admirer les merveilles qui défilaient devant ses yeux sans se préoccuper de l'ordre dans lequel elles apparaissaient. C'était pour lui très agréable ne pas avoir à réfléchir, de se laisser porter, mais en même temps, d'abord inconsciemment, puis de façon plus évidente, il se sentit comme diminué par rapport à Karen, comme si leur différence d'âge apparaissait brusquement devant lui avec son lot de compétences que seul le temps permet d'acquérir.

Il regardait Karen, toujours si sûre d'elle, et aussi, pour la première fois, un peu maternelle. Cela le mit mal à l'aise, il se sentit comme partiellement vidé de sa virilité.

Puis ils marchèrent sur les zattere au soleil, il faisait si beau... Tandis que leurs pas martelaient les grandes dalles comme s'ils avaient voulu y laisser des traces indélébiles, un autre bateau passa, tout blanc comme le leur, énorme et silencieux. D'autres amours avaient-elles éclos là aussi pour d'autres couples qui ne se connaissaient pas la semaine précédente ? Possible. Pourquoi pas ? Puis ils longèrent le rio de San Trovaso et devant le petit chantier des gondoles, elle lui dit :

— Vous ne voulez pas acheter une gondole ? C'est là qu'on les fabrique.

Antoine fit une légère moue. Il se voyait bien embarquant une gondole sur le grand bateau de croisière !

Elle avait le sens de l'humour, sa compagne.

Mais ce qu'il ne savait pas alors, c'est que Mme Fleming était suffisamment riche pour acheter une gondole et se la faire livrer à l'autre bout du monde sans aucun problème. Mais Karen n'était pas folle, elle ne le ferait pas.. Elle sourit, elle plaisantait.

Ils traversèrent le grand canal par le pont de l'Académie et, une fois de l'autre côté, elle se retourna et regarda les palais sur l'autre rive.

— C'est beau, lui fit remarquer Antoine.

Oui, c'était beau mais Karen ne répondit pas. Elle avait la tête ailleurs. A quoi pensait-elle ? Elle se retourna encore une fois et hocha la tête doucement comme pour se persuader : oui, c'est bien celui-là !

Elle entraîna Antoine dans les petites rues, un pont, un deuxième et encore un troisième. Dans les ruelles, elle ne parlait pas. Elle se tournait souvent vers lui avec un sourire tendre qui signifiait : « ça va ? » Mais chaque fois qu'ils franchissaient un canal, si étroit fût-il, dès le premier pas sur le pont, elle éprouvait le besoin de parler de son passé comme si elle s'était adressée à un neveu auquel elle aurait proposé de l'accompagner à Venise. Les souvenirs semblaient lui revenir tous en même temps et comme elle ne pouvait pas les contenir tous, elle s'en déchargeait partiellement sur Antoine.

Que faisaient-ils là tous les deux ? Était-il son neveu, son amant, les deux ? Pourquoi ressentait-elle ce sentiment étrange ici ? C'était leur dernière escale. Que signifiait-elle, pour Karen, cette dernière escale ? Ils étaient devant Santa Maria Formosa, mais lui, ne savait plus où il était. Il se laissait guider. Jusqu'où le mènerait-elle ? Elle ne lui avait pas dit ce qu'elle avait d'important à faire à Venise. Il n'avait pas demandé.

Et cependant ils étaient en marche vers cette chose importante dont il n'avait pas encore la moindre idée et qui pourtant bouleverserait sa vie.

Encore un autre pont.

— Nous sommes presque arrivés, lui dit-elle.

Ils étaient maintenant place San Zanipolo.

Encastré sur le mur de l'église, presque à l'angle, une petite tête de lion les regardait.

— C'est l'un des rares lions que votre Napoléon n'a pas cassés.

Elle dit cela gentiment, avec un petit sourire, pour bien lui montrer que malgré l'expression employée, elle ne l'accusait de rien. Elle savait bien que ce n'était pas « son Napoléon ».

Pris au dépourvu, il ne sut quoi répondre.

Karen le prit par le bras pour se faire pardonner et l'entraîna vers le pont. Un bateau noir chargé de gens au visage grave passait justement dessous.

De l'autre côté du « *Rio dei Mendicanti* », encore quelques pas, on était arrivé.

— C'est ici, dit-elle sans hésiter.

C'était une boutique qui, sans être médiocre, ne rayonnait pas le luxe tapageur. On était loin de la place Saint Marc. Il y avait peu de choses en vitrine. Antoine tout seul serait passé devant sans même la remarquer sans doute. Il était évident que la devanture n'était pas destinée aux flâneurs. C'était le pignon sur rue du propriétaire dont le nom était bien connu des collectionneurs. La vitrine officielle, à quelques mètres de là, riche et bien éclairée n'affichait que des œuvres de second choix, voire des copies.

Il entrèrent dans la galerie d'art. Visiblement madame Fleming n'en était pas à sa première visite. Le marchand ne fut pas surpris de leur arrivée. Il semblait la connaître et même peut-être l'attendait-il. Il n'échangea avec elle que quelques mots de bienvenue. Rapidement, il les amena dans une autre pièce qui ne donnait pas sur le canal mais sur une petite cour intérieure dont la margelle du puits central supportait quatre pots d'hortensias bleus.

Il y avait là quelques tableaux accrochés à l'un des murs. Des spots lumineux placés aux bons endroits devaient sans doute en faire ressortir toute la beauté. Il en éclaira un et aussitôt leur regard se porta sur le tableau le plus petit, quarante centimètres tout au plus, une vue de Venise dans un cadre doré.

— C'est une vue du palais Barberigo Loredan, dit le marchand.

— Je vois.

Il y eut un silence, une sorte de recueillement. Le marchand modifia un peu l'orientation du spot et l'aspect du tableau changea. Mme Fleming le regarda bien en face puis se déplaça légèrement vers la droite et vers la gauche. Elle fit un signe à peine perceptible d'approbation et demanda :

— On peut le décrocher ?

— Certainement.

Elle tenait maintenant le tableau qu'elle examinait attentivement en le mettant à plat, elle s'approcha de la porte-fenêtre pour mieux le voir à la lumière du jour, le retourna et s'attarda un long moment sur le cadre et enfin sur le dos de la toile.

Puis s'adressant à Antoine, elle le lui tendit et ajouta :

— Il est beau, n'est-ce pas ?

Elle pouvait maintenant dire tout haut qu'elle le trouvait magnifique et faire partager son plaisir à son voisin car le prix en avait été fixé à l'avance, il n'était plus question de revenir dessus.

Antoine tenait maintenant entre ses mains la merveille dont il ignorait le nom du peintre mais il supposait qu'il était célèbre et que le tableau devait valoir une fortune.

Il ne le garda que quelques secondes et, une fois posé, il se sentit aussitôt soulagé du poids d'une telle responsabilité.

— D'accord, dit madame Fleming. Vous avez les certificats ici ?

Ils s'assirent de part et d'autre du grand bureau. Elle examina en détail les feuilles que lui présentait le marchand tandis qu'Antoine regardait les autres tableaux qui ornaient le mur. Puis elle fit un chèque, le donna au vendeur et pour finir lui dit :

— Vous l'expédiez chez moi comme d'habitude.

Il confirma, puis lui serra la main longuement en la félicitant et enfin il serra aussi la main d'Antoine comme d'un client potentiel.

Une fois sortis du magasin elle lui dit le plus simplement du monde :

— C'est un Guardi. Il est beau, ne trouvez-vous pas ? Et elle ajouta avec son joli sourire :

— Les petits tableaux sont plus faciles à transporter que les gros mais ils sont tout aussi chers.

Antoine ne demanda pas le prix, cela ne le concernait pas et cela eût été malvenu. Pourquoi demander le prix d'un objet qu'il ne pouvait pas s'offrir et dont la valeur en argent comptant l'aurait à coup sûr stupéfié ?

Il se souvenait d'avoir entendu un jour un commissaire-priseur affirmer à la télévision que les belles œuvres d'art ne sont jamais assez chères.

Il eut peur qu'elle lui réponde la même chose s'il faisait la moindre allusion au prix.

Il avait vu et tenu dans ses mains son premier Guardi et il pensa que, si un jour il en voyait un autre, il n'aurait sans doute pas le droit de le toucher ni même de s'en approcher de très près.

Il ne soupçonnait pas à cet instant le poids de ce qu'il venait de penser.

Elle ne fit aucune allusion à aucun autre tableau qu'elle possédait comme si celui-ci était le premier qu'elle s'offrait. Un caprice de milliardaire qu'elle accrocherait dans l'un de ses salons.

Pourtant, Antoine se souvenait de lui avoir entendu dire : « chez moi, comme d'habitude ».

Pour Antoine, l'art, la peinture en particulier, était toujours resté quelque chose de lointain. Qu'il y eût des tableaux de grands maîtres dans les musées, il le savait bien, il l'admettait comme une évidence, mais en toucher un, assister à une vente d'un montant supposé fabuleux et sortir du magasin au bras de la collectionneuse, fut pour lui un événement qui ne manquerait pas de laisser des traces.

Le retour ne se fit pas par le même chemin, elle le fit passer par la rue du paradis. Il se demanda si elle parlait pour elle-même en évoquant le paradis. Certainement elle parlait pour elle.

Ils approchaient maintenant du Ridotto Venier. Karen allait le lui montrer lorsque Antoine la prit de court et demanda :

— Et l'hiver, quand tout est gelé, comment font-ils pour se déplacer ?

La question, toute banale qu'elle fût, déversa sur Karen un flot de souvenirs qu'elle n'avait pas revivés depuis des décennies.

— Les canaux ne gèlent jamais on ne connaît qu'un cas où la lagune a vraiment gelé, c'était au dix-huitième siècle. J'ai vu un jour un tableau sur lequel les gens marchaient sur la glace ; il est au palais Rezzonico. Il y a aussi un roman dont l'intrigue se passe à cette époque.

Et soudain elle cligna des yeux ; les pages de ce livre qu' elle avait tant aimé, lorsqu'elle avait vingt ans et qu'elle apprenait l'italien, défilèrent dans sa tête. C'était l'histoire de ce jeune homme fougueux qui avait joué et perdu sa liberté contre une comtesse maléfique dans le ridotto Venier ou un autre ridotto du même genre. Il avait fui une nuit en traversant la lagune glacée, pourchassé par les sbires de la comtesse. Elle se souvenait encore quarante ans après de la première phrase : *Cominceró dal lontano mattino del mio ritorno a Venezia da Corfù...*

Comme elle l'avait trouvé beau, comme elle en avait rêvé de ce garçon, et maintenant c'était Antoine qui lui rappelait tout ça involontairement et jouait jusqu'à un certain point le héros de « *La Partita.* »

A cet instant elle l'aima comme elle l'aurait aimé quarante ans plus tôt.

Il n'y avait plus de différence d'âge. Antoine n'était plus ni son fils ni son neveu car ils étaient jeunes tous les deux, ils s'aimaient d'un amour fou, au jour le jour, sans chercher à savoir de quoi demain serait fait.

Elle avait gardé de ses années folles un certain romantisme juvénile qu'elle cultivait avec tendresse et qui refleurissait parfois.

Antoine, à côté d'elle, ne se rendit compte de rien sinon d'une légère pression supplémentaire sur son bras.

Mais le temps n'oublie rien, il passe et vous rappelle d'un petit signe qu'il faut cesser de rêver. Karen ressentit subitement ce rappel à l'ordre et revint au présent.

Elle se tourna vers lui lorsqu'ils furent devant l'entrée du ridotto et lui dit :

— Vous êtes chez vous ici, c'est le siège de l'Alliance Française. Mais autrefois c'était une salle de jeu, un casino. Si on était au dix-huitième siècle, vous seriez descendu de votre galéasse, vous auriez mis un masque blanc ou noir et vous auriez joué votre fortune là-dedans.

Et elle ajouta en souriant :

— Et si vous aviez perdu, vous seriez mon esclave.

Antoine ne comprit pas l'allusion et ne remarqua pas la nostalgie que le sourire de Karen sous-entendait.

Il n'était pas son esclave mais il était son « amant-neveu » et il avait intérêt à la suivre de près s'il voulait retrouver le bateau avant l'heure fatale. Il savait que le sens de l'orientation n'était pas très développé chez lui.

Il se sentit à la fois ému et déconcerté. Il savait que Karen n'était pas une comtesse maléfique. Il regarda autour de lui s'il voyait des masques mais les siècles avaient passé et les masques avaient disparu. Ils n'étaient plus que des objets de carnaval.

*

Depuis le début de la croisière, elle ne le tutoyait que la nuit dans la très faible lumière tamisée de la veilleuse de cabine. Cela créait chez lui une sorte de déséquilibre verbal qui l'empêchait durant la journée de s'adresser à elle comme il l'aurait souhaité. Le faisait-elle exprès pour garder ses distances, pour qu'il ne croie pas qu'elle était totalement soumise à son charme juvénile ? Les explications d'Alexandrie ne l'avaient pas entièrement convaincu.

Il tordait ses réponses, les rendait impersonnelles, fades et dépourvues d'intimité. Cela le rendait nerveux.

Dès le milieu de l'après-midi, Antoine commença à consulter de plus en plus souvent sa montre. Une inquiétude diffuse s'emparait progressivement de lui comme si le bateau allait repartir sans eux. Une heure avant la limite il n'appréciait plus vraiment ce qu'il voyait et trouvait que Karen traînait inutilement le long des canaux secondaires en jetant un coup d'œil dans les cours intérieures où elle pensait dénicher un puits.

— C'est curieux qu'il y ait des puits dans cette ville, alors qu'elle flotte sur l'eau, vous ne trouvez pas ? Mon « ex » était un fana des puits de Venise. Il prétendait les avoir tous photographiés.

Mais Antoine n'avait pas la moindre envie de connaître les lubies de son « ex ». D'ailleurs, de quel « ex » s'agissait-il ? De celui qui n'aimait pas les fromages français ? Combien avait-elle d' « ex » ?

Il s'étonna que la question lui soit venue à l'esprit. Qu'avait-il à gagner à connaître le nombre de maris de Karen ? Rien. Pour lui cela n'eût été qu'un chiffre abstrait aussitôt oublié.

Il essayait de presser le pas dans la direction supposée de l'embarcadère car il craignait qu'en gardant cette allure nonchalante, elle ne découvre encore un autre puits et qu'elle tourne autour en se posant des questions et en égrenant des souvenirs.

Cette inquiétude diffuse, il ne l'avait pas ressentie aux autres escales, sans doute parce que Karen semblait alors moins intéressée par ce qu'elle voyait, ou du moins cela ne remuait pas en elle des souvenirs si profonds.

Depuis qu'ils étaient arrivés à Venise, il avait l'impression qu'il comptait moins pour elle, alors que c'était probablement l'inverse.

Il sentait de plus en plus nettement la fin de quelque chose comme les hirondelles alignées sur les fils électriques sentent la fin de l'été. Était-ce seulement la fin de la croisière qui le chagrinait ou bien la peur de perdre Karen qui, il devait se l'avouer, lui était devenue de plus en plus indispensable ?

Il pouvait évoquer l'avenir avec elle maintenant, dans ce lieu étrange, si peu banal, si propice aux confidences, mais il n'en eut pas le courage. Il ne pensait pas que l'on puisse faire des serments tout en marchant. Ce soir, sur le bateau, accoudés au bastingage, ça serait plus facile et la nuit qui les envelopperait alors lui soufflerait les mots justes et les aiderait à prendre une décision.

Encore quelques dizaines de mètres car il voyait déjà le grand mur blanc percé de hublots que les attendait. Il était rassuré.

Il se souvenait maintenant d'avoir remarqué, depuis le matin, que les numéros des maisons ne se suivaient pas dans une même rue, et soudain une frayeur le glaça à la pensée que Casual dans sa logique surréaliste aurait pu l'obliger à devenir facteur à Venise pendant quelque temps!

*

Dès la nuit tombée, lorsque les dernières lumières de Venise disparurent, l'humidité tomba sur le bateau. On distinguait mal la côte noyée dans une brume, apparue subitement, poussée par un vent du large léger mais frais.

Ils n'allèrent pas sur le pont après le dîner. Et au bar, assis sur de grands fauteuils anonymes, devant des boissons alcoolisées, où flottaient des glaçons, il trouva le lieu mal choisi pour ce qu'il avait à dire à Karen. C'est un endroit où on ne peut échanger que des banalités. La musique d'ambiance qui y règne neutralise toute pensée profonde et délave les mots que l'on prononce.

De plus, il avait peur de ne pas trouver les phrases adéquates et surtout de la réponse qui s'en suivrait.

Si elle répondait par une banalité, si elle était évasive, lui faisant comprendre que ce n'était pas raisonnable, qu'il ne pouvait pas y avoir de suite sans le lui dire vraiment, que ferait-il ? Continuait-il, assis devant elle, à boire lentement son alcool glacé jusqu'à la dernière goutte avant de se lever et de lui souhaiter bonne nuit en montrant qu'il avait compris et que la nuit qui restait n'avait pas de sens ?

Il se dit qu'il avait le temps, rien ne pressait, il leur restait encore une autre nuit à passer à bord. Et puis il pensait que ça serait mieux dehors, sur le pont, accoudés au bastingage en regardant le sillon mousseux que le grand navire laissait derrière lui. Il pensait qu'alors la vitesse qui les emporterait tous les deux vers la dernière escale de cette croisière allait entraîner au loin les phrases échangées qui ne seraient prononcées qu'une fois, soit parce qu'elles laisseraient au passage une trace indélébile dans leur cœur et n'auraient pas besoin d'être répétées, soit, s'il s'était trompé, si tout cela devait finir sans lendemain, parce qu'elles auraient été sans intérêt et qu'il valait mieux que le vent les emporte.

Elle non plus n'évoqua pas le sujet, comme si ce n'était pas à elle de faire le premier pas sur l'avenir, comme si elle n'osait pas, ne savait pas, ne voulait pas.

Elle pensait sans doute comme lui qu'ils avaient encore le temps.

Et la nuit fut comme les précédentes, douce, irréelle, si loin de la terre ferme.

*

Au petit matin, avant qu'elle ne se réveille il se redressa un peu sur l'oreiller et essaya de mettre de l'ordre dans ses idées.

Il se trouva si changé en deux semaines. Pourquoi voyait-il les choses si différemment maintenant. C'était comme s'il avait pris une douche avec un savon spécial qui lui aurait ôté toutes ses envies passées, un savon qui l'aurait débarrassé de ses préjugés, de ses jugements tout prêts dont il se servait autrefois pour trancher quand les autres cherchaient des nuances.

Il avait le sentiment que tout était à refaire dans sa vie. Les petits plaisirs qu'il avait eus, grappillés par-ci par-là au gré de sa fantaisie devenaient dérisoires. C'était comme si Karen avait introduit dans la tête d'Antoine quelques années à elle. Des années d'expérience, de finesse, d'art, d'écoute de l'autre pour en saisir ce qu'il avait de mieux à partager. Quand on arrive à un certain âge, on cherche chez les autres ce qu'ils ont de meilleur. Cela, il ne le savait pas, c'est pourtant ce quelle avait fait depuis qu'elle le connaissait. Et il se découvrait des pans entiers de lui-même qui le surprenaient. Quelques semaines auparavant ils lui seraient apparus comme des faiblesses.

Tout cela, il le reconnaissait volontiers, d'ailleurs il n'avait pas le choix, mais ces changements était-ils définitivement gravés en lui. Disparaîtraient-ils dès qu'il serait sur la terre ferme, sur le ciment des trottoirs, sur le bitume des routes au volant de sa voiture ? Il n'en savait rien et ne voulait pas se poser la question.

*

Le bateau n'était pas encore amarré au quai que les gens se pressaient déjà, charriaient les valises, les faisaient rouler sur les moquettes moelleuses des coursives et s'entassaient sur le pont pour assister à la manœuvre.

Ce n'était pas le moment de perdre ses affaires de vue ; dans l'agitation tout peut arriver. Antoine n'avait qu'un seul bagage, pour lui, c'était simple, mais pour Karen c'était autre chose. « Je ferai appel à un bagagiste, je l'ai déjà contacté », lui avait-elle dit le matin même.

Ils se perdirent de vue un instant au sortir de la cabine car le bagagiste qui la précédait se dirigea vers l'ascenseur pour éviter les escaliers. Mais l'ascenseur était déjà pris d'assaut et Antoine fut obligé d'attendre. De toute façon il la retrouverait sur le pont. Tout le monde semblait aller sur le pont.

Las d'attendre le retour de l'ascenseur, énervé, après avoir poussé plusieurs fois le bouton inutilement, il opta pour les escaliers et une fois à l'air libre, sur le pont supérieur, à trente mètres au-dessus du quai, il la chercha des yeux en vain.

C'était normal, il y avait tant de monde. Il ferait quelques pas et il la retrouverait. Il se fraya un passage entre les gens et les bagages malgré la difficulté à avancer car sa valise à roulettes se cognait partout. Il fit deux fois l'aller et retour, s'empêtra sur la laisse d'un chien minuscule qui aboya, passa sur l'autre bord mais en vain. Il avait l'impression que tout le monde lui tournait le dos.

Tant que le bateau bougeait encore, on était en croisière ; on avait payé jusqu'à l'immobilité complète, jusqu'au moment où le grand immeuble blanc serait définitivement fixé au quai par des amarres impressionnantes. Alors le seul droit restant serait de descendre sans se retourner car les portes des coursives se fermaient les une après les autres. Il ne restait du prix du voyage que les derniers centimes non encore consommés, le prix du passage sur la passerelle.

Tous les gens commençaient maintenant à redescendre car le bateau était enfin immobilisé. De puissants haut-parleurs donnaient des ordres, demandaient aux passagers de s'approcher de telle ou telle plate-forme, pour mieux canaliser le flux, mais leur voix étaient difficilement audibles, noyées dans le brouhaha général.

Antoine, au milieu de la foule, suivit le courant humain qui le poussait vers la passerelle.

Il la retrouverait sur le quai,c'était certain. Avec tous ses bagages elle serait vite repérée. Le premier arrivé sur la terre ferme attendrait l'autre, cela allait de soi, même si rien n'avait été convenu.

Il passa devant les préposés du bateau dans leur uniforme blanc, la casquette bien droite, immobiles et muets, observant le flot humain qui se déversait sur l'esplanade du port.

A quoi bon souhaiter bon retour à des gens qu'ils ne reverraient plus.

Il ne sut jamais lequel des deux, de Karen ou de lui, avait débarqué le premier. Il attendit longtemps et quand plus personne ne descendit du bateau, il dut se rendre à l'évidence.

Il resta encore un instant désappointé à regarder ce grand immeuble blanc qui ne représentait plus rien pour lui et se dirigea vers la sortie du port.

Il se retourna une dernière fois et aperçut de loin sur la passerelle le maître d'hôtel qui descendait lentement sur le quai. Il parlait tout seul, une main plaquée à l'oreille.

Allait-il revenir sur ses pas, l'aborder une dernière fois, lui demander ? « Vous l'avez vue descendre ? »

— Qui ça ? aurait-il répondu.

— La dame qui était à la même table que moi durant toute la croisière, vous savez...

— Ah oui, votre flirt de la semaine ? Quand je dis flirt je me comprends. Non, je ne l'ai pas vue. Je vois tellement de choses sur ce bateau. Tour cela ne me concerne pas et ne me rapporte rien. Au revoir Monsieur, bon retour chez vous, à une prochaine fois peut-être.

Voilà ce qu'il aurait répondu si Antoine n'avait pas continué son chemin sans revenir sur ses pas.

Il avait à peine quitté le port quand son téléphone sonna : « Prenez le premier train. Ne vous attardez pas ici. J'ai à vous parler. » Casual.

Mais Antoine ne l'entendait pas ainsi. Il n'avait pas perdu espoir de retrouver son amie. Il interrogea deux ou trois personnes dans l'enceinte du port, puis, une fois sorti il s'approcha de la station de taxis et demanda si quelqu'un avait vu une femme avec beaucoup de bagages. Mais des femmes avec des bagages il y en avait eu beaucoup comme à chaque arrivée de bateau, les voitures qui les avaient chargées n'étaient plus là et les chauffeurs de taxi avaient autre chose à faire que d'observer les clients des autres.

Que voulait-il donc ce type avec ses questions ridicules ?

Déçu, frustré, quelque peu abasourdi que les événements puissent se succéder si vite sans que personne ne les contrôle, il alla à la gare et prit le train.

*

Lorsque la porte de l'ascenseur se referma sur elle, compressée, entourée de quatre cloisons sans fenêtres, poussée par des valises et des gens qui lui respiraient dessus, madame Fleming se sentit mal. Elle était claustrophobe, elle le savait, mais d'habitude elle ne fréquentait pas les ascenseurs bourrés de monde et ne se sentait pas angoissée de parcourir quelques mètres dans une boîte fermée dont un côté tout en glace semblait doubler la capacité. La tête lui tournait, tout devenait flou, elle ferma les yeux et perdit connaissance.

Personne ne vit là rien d'anormal, elle se concentrait sans doute. D'ailleurs il n'y avait rien à voir, pourquoi garder les yeux ouverts ? Seules les têtes dépassaient de la masse compacte des corps Chacun respirait le moins possible pour ne pas attraper quelque miasme provenant du voisin. On n'osait pas tourner la tête car les microbes pouvaient venir aussi bien de face que de côté. Ceux qui s'étaient dépêchés transpiraient ; surtout les chauves qui ne pouvaient même pas s'essuyer la peau perlée du sommet du crâne. On manquait d'air frais, c'était certain. Déjà on ingurgitait une partie de l'air usé provenant des autres. Comme on ne ressentait aucune secousse, il n'était même pas certain que la boîte ait commencé à monter. Elle était peut-être encore à l'étage, en surcharge, la porte fermée hermétiquement. Certains y avaient pensé, ce qui avait provoqué chez eux un début d'angoisse. Angoisse muette, ils s'étaient retenus pour ne pas provoquer de panique.

On ne s'aperçut du malaise de madame Fleming qu'à l'arrivée lorsque les derniers occupants la reçurent dans les bras. On l'assit, inconsciente, sur une valise qui n'était pas la sienne et qui se déforma un peu. Son propriétaire n'apprécia pas mais ne dit rien. Il était malvenu de prendre à partie une personne en syncope.

Le bagagiste, pour qui cela n'était qu'un incident banal, appela aussitôt et on transporta madame Fleming à l'infirmerie du navire.

Il fallut plus d'une heure pour qu'elle reprenne ses esprits et se sente capable de descendre seule à terre et continuer sans aide.

Lorsque le médecin du bord jugea que l'incident n'aurait pas de suites et que sa responsabilité était dégagée, il l'autorisa à sortir. On retrouva ses bagages, on l'aida à quitter le navire et lorsqu'elle arriva enfin à la station de taxi, Antoine était déjà dans le train qui le ramenait à Lyon.

4

Le train entrait en gare lorsqu'il reçut le texto de Casual :

« Demain trois heures, Place Beauregard. »

Comment ? demain ? Il n'y avait donc pas d'urgence. Il aurait pu rester à Nice encore quelques heures. Il aurait eu le temps d'aller à l'aéroport. Là il l'aurait peut-être retrouvée. C'était bien le genre de femme à prendre l'avion. L'avion pour gagner du temps ou plutôt pour ne pas en perdre et le bateau pour profiter du temps gagné, mais pas le train, bien sûr, pas le train. Ce n'était pas une femme à s'attarder dans un train. Oui, l'aéroport, c'est là qu'il aurait dû aller. Cela semblait tellement évident maintenant, tellement logique. Il aurait même pu rentrer par avion, il en avait encore les moyens. Pourquoi avait-il choisi le train ? pour obéir à Casual ? Il s'était fait avoir par ce personnage qui se jouait de lui comme d'une marionnette. Il en voulait maintenant au monde entier, au porteur de bagages sur le bateau, au maître d'hôtel qu'il soupçonnait de connivence avec l'organisation, à Casual bien sûr et surtout à lui-même. Il jura tant qu'il put mais les mots ne sortaient pas de sa bouche ; seuls les gestes qui accompagnaient les jurons étaient perceptibles.

Le contrôleur le trouva bizarre en lui demandant son billet.

— Ça ne va pas, Monsieur ?

Il se ressaisit un instant mais le trouble persista.

Une fois descendu du train, les gens qui le croisaient le croyaient atteint d'un mal qui provoque des grimaces incontrôlables et avaient pitié de lui.

*

Le lendemain à l'heure dite Antoine retrouva Casual comme prévu.

Il n'y a aucun banc sur cette placette. A peine assis sur la borne en pierre qui protège l'entrée d'une maison couverte de lierre, il vit s'ouvrir la portière de la voiture noire garée sous le tilleul et Casual parut.

Toujours impeccable, Casual, dans son costume sans aucun faux pli.

Il avait l'air réjoui comme quelqu'un qui vient de réussir un joli coup ou qui s'apprête à le faire, bien que sa face carrée atténuât la bonne humeur affichée.

— Ça va ? lui dit-il.

A la tête que fit Antoine il comprit qu'il n'aurait pas le « oui » banal et traditionnel. Il anticipa de suite la question qui risquait de lui être posée.

Avant même d'en entendre la première syllabe il ajouta :

— Vous ne pensiez tout de même pas que cette bonne fortune allait durer indéfiniment ? Vous n'imaginiez pas qu'elle allait vous faire des cours d'histoire de l'Art tous les après-midis et même un peu le soir, avant de faire l'amour ? Remettez-vous, mon vieux. Une vie ne suffirait pas pour vous apprendre tout ce qu'elle sait, même si vous étiez suffisamment doué pour retenir la moitié de ses propos. Elle n'aurait pas mis longtemps à cerner vos limites et se serait lassée.

Après avoir fait la fête à ses deux milliardaires de maris, elle est tombée sur vous. Tout cela n'était destiné qu'à faire passer le temps d'une croisière. Il y a tellement de temps morts sur ces bateaux de croisière. Une femme riche et cultivée comme elle ne peut que s'ennuyer dans un endroit pareil si elle ne peut pas partager quelque chose avec un inconnu. Vous étiez au bon endroit, au bon moment mais elle ne vous aurait pas supporté une semaine de plus.

Entre nous soit dit, vous n'en avez rien à cirer du Caravage. Avouez-le !

Comment pouvait-il se permettre de tels propos ? Qui était-il, lui, pour juger de l'insuffisance de culture des autres ? Par qui les avait-il fait suivre pour connaître tous ces détails ?

Casual continua sur le même ton. Il parla, il parla encore de l'inutilité de l'art : Cette mise à plat de la vie en deux dimensions, quelle erreur ! Pourquoi représenter ce qui n'existe plus au lieu de profiter pleinement de ce qui existe ? ajouta-t-il.

Habituellement, Casual s'efforçait de rester neutre, il laissait chacun maître de ses goûts mais l'agacement qu'Antoine lui causait le poussait à dépasser les bornes qu'il s'était lui-même fixées.

En revenant à madame Fleming, il creusa un fossé énorme entre deux mondes qui, d'après lui, n'étaient pas destinés à se comprendre, tout au plus à se croiser en échangeant quelques mots que chacun interprétait à sa façon.

— Avez-vous seulement une idée de ce qu'est l'autre monde, le monde des nantis ?

Non, vous n'en avez pas la moindre idée car leur fortune, transcrite par un chiffre, comporte tant de zéros que la raison ne peut plus les compter et s'y perd.

Ils deviennent par ce fait hors d'atteinte de votre envie. On est plus jaloux du collègue qui a eu une petite promotion que du nanti qui au lever du lit apprend par téléphone que sa fortune a encore augmenté.

Cela est tellement surhumain qu'aucun d'eux ne peut gérer sa fortune et qu'ils recourent à ceux qui ont fait les études nécessaires pour compter de grandes sommes abstraites. Mais ceux-là ne se préoccupent pas de ce que les sommes représentent, comment elles sont arrivées là et pourquoi elles sont en continuelle croissance. Ils ne sont pas payés pour ça.

C'est comme si on vous offrait un wagon rempli de lingots d'or. Vous ne pourriez pas le déplacer tout seul pour le mettre en lieu sûr. Et pourtant tout serait à vous. C'est leur cas, il leur faut des aides que dans leur for intérieur ils appellent des domestiques et traitent comme tels. Ceux-ci les envient, se servent au passage, mais il en reste tellement, tellement de lingots...

Combien en reste-t-il ? Ils ne le savent pas, aucun ne le sait, même quand ils en parlent entre eux, mais suffisamment pour disposer d'un pouvoir absolu sur tout ce qui bouge. Pour eux tout est gratuit puisqu'ils ne comptent pas. Ils vivent dans un univers où tout est donné et n'ont pas la moindre envie de descendre dans votre univers où tout est payant.

Certains ne sont pas antipathiques. Pourquoi le seraient-ils si vous ne les molestez pas, si vous ne leur demandez rien ?

D'autres sont même sympathiques et se mettent à votre portée pendant un petit moment. C'est ce qui vous est arrivé. Vous avez aperçu une autre planète par un petit trou mais le trou est trop petit pour pouvoir vous y faufiler. Cela vous a rendu nerveux, d'où votre agitation et votre refus de vous accepter tel que vous êtes.

Somme toute, vous ne vous en êtes pas mal tiré sur ce bateau, termina-t-il.

Il la connaissait donc, cette femme si riche ? Comment savait-il tout ça ? Comment savait-il que cette femme cultivée fréquentait toutes les galeries internationales d'art ? Qui lui avait dit qu'elle traversait parfois la moitié de la planète pour assister à une vente aux enchères chez Sotheby's ? Où avait-il appris qu'elle possédait une collection inestimable ? Était-elle donc si connue, si célèbre, cette femme pour qu'un agent secret en sache si long sur elle ?

Pour son cas personnel, sur le bateau, c'était l'évidence même : Le maître d'hôtel, oui, le maître d'hôtel aux ordres de Casual. Mais ailleurs ? Dans la cathédrale de La Valette ? Qui ? A Mdina, qui ? A Venise, qui ?

Antoine en était certain maintenant ; ses soupçons s'avéraient ; il avait été constamment suivi, épié, surveillé, mais dans quel but ? Pourquoi ne l'avait-on pas contacté sur le bateau pour qu'il paye sa dette et qu'on n'en parle plus ? Un rouage de l'organisation semblait poser problème. Il se demanda même si à l'agence de voyage, le fille au joli collier n'avait pas orienté son choix pour ce bateau-là en lui faisant miroiter la qualité du service et finalement le meilleur rapport qualité-prix. Tous complices ! oui ! Tous complices. Il n'était plus maître de rien.

Antoine l'avait laissé parler sans l'interrompre parce qu'il cherchait dans les propos de Casual la perche à laquelle il aurait pu s'accrocher pour répliquer, se défendre, rebondir et reprendre le dessus. Mais rien ne venait, il ne pouvait qu'attendre en faisant le dos rond.

Lorsqu'il jugea que Casual en avait assez dit, il se rebiffa et d'un ton agressif il répondit :

— Et le maître d'hôtel du bateau, lui aussi est l'un de vos collaborateurs ?

— Quel maître d'hôtel ? Il doit y en avoir beaucoup sur un bateau comme celui-là. Vous n'y êtes pas allé de main morte. C'était le top, avouez-le. Comment vous l'appelez ? Le nom ne me dit rien, nous sommes si nombreux, je ne peux pas connaître tout le monde. Chaque cellule dispose d'une certaine autonomie. Seule la ligne générale est définie en haut lieu. Pour les détails ce sont les délégués locaux qui s'en occupent. D'ailleurs il n'est pas souhaitable de mettre en commun les informations dont chacun de nous dispose. Nous ne faisons remonter que ce qui est vraiment indispensable. Si tout était vraiment structuré on pourrait remonter à la source mais vous savez bien que ce n'est pas le cas. Certains voudraient bien, ils palabrent, ils palabrent comme s'ils touchaient au but mais ce n'est que du vent.

En voyant l'air effaré qu'avait pris Antoine, il ajouta :

— Vous me permettrez de garder une certaine réserve. Contentez-vous de ce qui vous revient sans chercher des liens qui ne vous mèneront nulle part.

Antoine comprit qu'il n'en saurait pas plus. C'était comme les autres fois, il restait sur sa faim, ce qui ne faisait pas diminuer son inquiétude et le déstabilisait encore un peu plus.

Il se sentit alors pour, la première fois de sa vie, profondément humilié. Mais si ! Il en avait quelque chose à cirer du Caravage et il aurait voulu, à cet instant- même être transporté à La Valette, courir à la cathédrale, entrer dans la chapelle de l'oratoire, forcer la grille de la sinistre prison, et même servir d'aide au bourreau en tenant l'écuelle bien à plat à côté de la tête de Jean-Baptiste. Jean-Baptiste ou Casual ? Car c'est la tête de Casual qu'il voyait maintenant à côté de l'écuelle. Tout, oui tout ! il était prêt à tout pour se prouver que rien de ce qu'il avait vu en compagnie de Karen ne lui était désormais indifférent.

A aucun moment Mme Fleming n'avait montré de la condescendance. A aucun moment il ne s'était senti rabaissé en sa présence. Les propos de Casual étaient déplacés, méprisants, inutilement blessants.

A cet instant il eut une forte envie de s'éloigner de ce personnage qui le manipulait sans jamais lui dire ce que le lendemain lui réservait. Et cependant, puisqu'il en savait tant sur elle, il pouvait l'aider à la retrouver. Il aurait suffi d'un mot, d'un nom, d'une adresse ou d'un simple numéro de téléphone.

Antoine aurait fait le reste sans l'aide de personne et la parenthèse se serait sans doute refermée, oubliée. Et tout repartirait comme s'il n'y avait pas eu d'interruption. Une nouvelle vie peut-être, si différente de celle qu'il avait vécue avant la croisière.

Mais le voudrait-il ? A sa demande, pour ne pas dire à sa supplique, Casual resta muet comme si madame Fleming lui avait fait promettre de se taire et qu'il fût bien décidé à tenir sa promesse.

— Je ne suis pas votre ami, reprit Casual. Je ne peux pas intervenir en dehors des limites du contrat que vous avez accepté. Cette semaine de vacances vous a fait le plus grand bien, tout le monde est d'accord pour dire que les vacances font du bien, mais lundi vous reprenez votre travail au bureau.

Ce ne sera pas trop d'un mois de travail pour vous remettre d'un tel festin.

Je vous contacterai dès que j'aurai besoin de vous. Tenez-vous prêt.

Ce fut tout. Casual retourna à sa voiture et repartit aussitôt.

Comment diable a-il trouvé une place ici pour se garer ? se demanda Antoine.

Arriver jusqu'ici en voiture c'est déjà un exploit mais trouver une place sous le tilleul tient du miracle.

La dernière phrase de Casual traumatisait encore Antoine.

Toujours se tenir prêt. Pour quoi ? Jusqu'à maintenant pour rien, du moins il le pensait. Ce n'est pas du tout repos de se tenir toujours à disposition de quelqu'un qui vous fuit. Cela ne fait qu'accumuler le stress. On ne sait jamais si ce que l'on a prévu pour le lendemain pourra se réaliser.

Il n'était vraiment pas fait pour vivre au jour-le-jour.

*

Il ne parla à personne de sa croisière, d'ailleurs aucun de ses collègues ne lui posa la moindre question comme si personne ne s'était aperçu de son absence, ce qui était probablement exact. Il avait pourtant ébauché une réponse en affirmant qu'il avait passé une semaine à la campagne chez des cousins, si la question lui avait été posée. Il put se dispenser de ce petit mensonge sans aucun regret.

Cependant, son état nerveux était en piteux état et il lui fallut du temps pour retrouver un semblant d'équilibre.

Une semaine sur un bateau de luxe, ce n'est pas donné. Lorsqu'il reçut son relevé de banque il fut étonné d'être si près d'un découvert. Pourtant, en épluchant la facture des surplus consommés à bord, qu'il avait négligemment laissée au fond d'une poche, il se rendit compte que le montant final était loin du prix affiché par la publicité. Les suppléments dépassaient largement le forfait de l'agence.

*

Antoine devait renflouer ses finances et ne pouvait même pas attendre la fin du mois. Alors il fit ce qu'aucun scientifique, respectueux des calculs de probabilités, ne devait faire : Il tenta sa chance au jeu.

Il entra dans un bureau de tabac, lui qui ne fumait pas, et joua au loto pour la première fois de sa vie. Le buraliste, voyant qu'il n'y connaissait rien, l'aida à cocher les cases et lui remit le talon justificatif. Comme ça, pensa-t-il, je ne pourrai pas dire que je n'ai pas tout essayé par moi-même. A peine sorti, regrettant déjà les quelques euros qu'il venait de perdre, il repensa à Casual.

— Il porte une part de responsabilité dans tout cela, il faut que je le voie, que je le supplie, je ne peux pas faire autrement. Il a promis de m'aider au besoin, c'est dans le contrat.

Il l'appela.

— Cet après-midi quinze heures place Saint-Irénée, entendit-il.

Antoine arriva très en avance comme chaque fois qu'il était à l'origine de leurs rendez-vous. Cela lui permettait de se concentrer et de bien choisir les termes de ses sollicitations.

La place était totalement déserte. Il s'assit sur la banquette qui entoure circulairement l'érable placé en son centre à l'ombre tamisée de ses feuilles dentelées.

Le marchand de fruits, seul commerçant de la place, le regarda un bon moment et allait lui demander s'il avait besoin de quelque chose lorsque Casual parut au bout de la rue des Macchabées.

Il était dans un bon jour, le visage détendu, l'œil bienveillant, comme un ami qui s'apprête à rendre service. Cependant les préambules furent brefs comme toujours.

— J'ai joué au loto, lui dit Antoine. J'ai besoin d'argent, cela m'arrangerait bien de gagner au loto, mais je n'y crois guère. Pourtant il y en a qui gagnent. Chaque fois il y en a qui gagnent.

— Je peux m'occuper de ça. Dites-moi quels numéros vous avez joués.

— Je ne me souviens même plus, il faudrait que je retrouve le bulletin. J'ai joué au hasard.

— Vous plaisantez j'espère ! Vous n'avez pas joué au hasard, vous avez coché des cases, vite, en vous fiant à la probabilité de gagner. Ce n'est pas le hasard, ça, c'est l'appât du gain ! Ce n'est pas la même chose. Vous pourrez attendre longtemps. Bien sûr qu'il y en a qui gagnent, mais ce n'est jamais vous, ce sont toujours les autres.

Cela ne vous étonne pas que se soient toujours les autres ? C'est ça que vous appelez le hasard ? Donnez-moi vos numéros. Je vais voir ce que je peux faire.

— Je ne vois pas en quoi vous pouvez m'être utile.

— Du moment que c'est moi qui sors les boules de l'urne, je maîtrise la situation, je suis même le seul à maîtriser la situation.

Antoine eut un sursaut. Il imagina tout de suite la dernière extrémité. Les Renseignements Généraux, bien sûr, les Renseignements. Ils savaient tout avant tout le monde ces gens-là, même les résultats du loto.

— Comment ça ? Vous voulez dire que le loto est truqué ?

— Qui vous parle de loto truqué ? Qu'allez-vous imaginer ? Vous m'offensez. Ai-je l'air d'un manipulateur ? Ai-je l'air malhonnête ?

Antoine avait envie de répondre « apparemment, oui » mais il se retint à temps.

— Je me contente de sortir les boules, c'est tout.

Antoine se figura qu'il faisait de l'humour. Un humour bizarre, déplacé, un humour d'agent secret. Dans son esprit les agents secrets ne plaisantaient jamais et s'ils le faisaient, c'était mal à propos.

Il pensa que le mieux était de lui répondre sur le même ton.

— Vous les sortez peut-être, mais à l'aveuglette.

— Comment à l'aveuglette, vous me prenez pour un idiot ? J'ai une très bonne vue. Je choisis les numéros en fonction de mon humeur du moment. Avant de plonger la main dans l'urne, je compose une combinaison qui m'amusera. Il ne me viendrait pas à l'idée, tout du moins pour le moment, de sortir la suite 1,2,3,4,5 et 6 pour le numéro complémentaire. J'avais prévu pour ce soir la suite : 23, 12, 17, 2, 8 et 4. C'est une jolie suite de nombres, vous ne trouvez pas ? Je suis sûr que personne n'y a pensé. C'est ce qui m'excite le plus, de trouver une suite à laquelle personne ne pense, mais pour vous rendre service je veux bien changer. Alors vos numéros, vous me les donnez avant qu'il fasse nuit ?

Antoine, par réflexe passif obéit. Il chercha au fond de sa poche le bulletin froissé et le tendit à Casual.

Celui-ci regarda les numéros cochés d'un air affligé et murmura : « Ah oui, évidemment ! ça ne risquait pas ! »

— Je ne comprends rien à votre comportement, ni à vos plaisanteries de gamin.

— Je sais que vous ne comprenez pas . C'est pour cela que je vous ai choisi. Si vous étiez assez intelligent pour tout comprendre vous ne seriez pas là ni moi non plus. C'est en se fondant sur les capacités limitées des gens que l'organisation prospère.

Je vais voir ce que je peux faire mais ne vous attendez pas à des miracles.

Tenez ! reprenez votre bulletin et surtout ne le perdez pas.

Casual redevenait lui-même ; il ne pouvait pas s'empêcher d'être méprisant.

« C'est ainsi que l'on tient les auxiliaires, dans les services secrets, par le mépris, pour leur ôter l'envie de s'insurger et qu'ils restent à leur place », pensa Antoine.

*

Deux jours plus tard, il dut reconnaître, bien malgré lui, que Casual avait bien mis la main dans l'urne et en avait sorti suffisamment de bons numéros pour lui procurer un gain substantiel même si ce n'était pas ce que l'on appelle ordinairement le gros lot. On ne peut pas cocher les six bons numéros et garder après cela une vie normale. L'épreuve serait beaucoup trop dure, personne ne pourrait résister et les conséquences seraient imprévisibles. On sortirait inévitablement des limites du contrat. On n'a jamais de nouvelles de ceux qui gagnent le gros lot. Peut-être deviennent-ils fous ? On ne sais jamais. Il faudrait consulter les registres des hôpitaux psychiatriques

Antoine se trouva donc en possession d'une somme rondelette versée sur son compte en banque sans que les conseillers financiers, toujours à l'affût, aient eu vent de quoi que ce soit. Le versement eut lieu par l'intermédiaire d'un organisme financier que personne ne connaissait, même pas son banquier.

5

Il regardait d'un œil distrait la télévision, en attendant le bulletin météo, lorsque le présentateur annonça une prochaine exposition exceptionnelle à Martigny : la collection Fleming.

Le commissaire de l'exposition présenta la collection Karen Fleming en quelques phrases manifestement tronquées, disant que c'était un fait très rare qu'un collectionneur, en l'occurrence une collectionneuse, accepte de se séparer de ses toiles pendant quelques semaines pour que le public puisse les voir. La présentation télévisée ne dura que quelques instants, le temps pressait.

Puis on passa à la séquence suivante. Il fallait faire vite car l'entraîneur de l'OM venait de changer et cela nécessitait un commentaire long et détaillé.

Antoine reçut un choc. Avait-il bien entendu ? C'était donc la collection de Karen qui était exposée à Martigny. Il se doutait bien qu'elle était collectionneuse d'œuvres d'art et que le Guardi de Venise n'était pas un caprice unique de femme riche. Il se sentit personnellement concerné. Il irait à Martigny, il la reverrait peut-être, sans doute même. Il saurait ce qui s'était passé. Quelle chance cette exposition. Mais en même temps une certaine appréhension le traversa. Que se passerait-il s'ils se trouvaient subitement face à face au milieu des visiteurs, gens d'un autre monde, ne connaissant même pas le montant de leur fortune, riches au point de ne pas se sentir concernés par les difficultés de la vie quotidienne. Parfois grands collectionneurs eux-mêmes, venus des quatre coins de la terre pour profiter du bon goût de Karen, la féliciter et admirer la persévérance avec laquelle elle avait amassé tous ces trésors. Lui, petit employé, qui n'y connaissait rien en peinture, que dirait-il ? Peut-être se sentirait-elle gênée en le voyant et ferait semblant de ne pas le reconnaître. Quelle humiliation alors ! Et dans le meilleur des cas, elle lui serrerait la main de façon indifférente et polie en s'écriant :

— Ah ! Bonjour, vous êtes là ? Comment allez-vous ?

Aucune allusion à un passé pourtant récent.

Et, si elle ne pouvait pas faire autrement, elle le présenterait :

— Antoine, un ami ; le baron Arnold de Pont-à-Mousson, un autre ami... Puis elle tournerait le dos et continuerait son chemin comme si de rien n'était.

Alors se produirait en lui un blocage total, un serrement de cœur étouffant, qui le ferait s'éloigner discrètement et rentrer au plus vite à la maison sans même finir la visite de l'exposition.

Quelle éventualité lui paraissait la moins pénible, la moins humiliante ?

Cela ne pouvait pas se terminer comme il l'aurait souhaité, c'était impossible, Casual avait bien mis les choses au clair.

Tout cela le mit dans un état d'excitation qui l'empêcha de dormir cette nuit-là. Il se retourna sans cesse dans son lit en changeant cinquante fois de résolution. En s'assoupissant un instant il rêva que Casual l'attendait au bras de Karen et qu'il riait, qu'il riait, qu'il riait...

Allait-il y aller ou pas ?

Il se rappela les phrases martelées par Casual lors de leur dernière rencontre mais refusa de lui donner raison.

Finalement il irait, oui, il irait. Il fallait mettre un terme à cette situation devenue impossible qui le tourmentait. Ce n'est qu'au petit matin juste avant que le réveil ne sonne, qu'il trancha. L'exposition commençait samedi, mais samedi il n'était pas libre, il déjeunait avec un ami de longue date qu'il avait rencontré par hasard dans un café. Il s'était réjoui de passer un long moment avec lui mais maintenant il ne savait plus, cela le contrarierait, freinait son envie folle de revoir Karen. Quelle idée avait-il eue d'entrer dans ce café ?

Il irait à Martigny le lendemain, dimanche.

*

Il arriva en voiture et, sans doute parce que c'était un jour férié, il trouva une place pour se garer pas trop loin de la fondation.

Il y avait déjà du monde, même plus qu'il n'aurait supposé si peu de temps après l'ouverture.

Un petit groupe allait de toile en toile qu'une personne commentait. Parfois entre deux tableaux, quelqu'un posait une question et obtenait une réponse succincte. Antoine, placé par hasard derrière le groupe n'entendit que quelques bribes : « C'est pour ça que le tableau est presque carré... On ne sait pas à quelle époque cela s'est produit... c'est bien dommage... ». Les commentaires ne l'intéressaient pas mais il vit là une occasion d'en savoir peut-être plus sur la propriétaire de la collection. Il réfléchit à la question qu'il pourrait poser en se mêlant aux autres personnes du groupe pendant quelques secondes. C'était délicat. Il est facile de poser une question sur un peintre mort depuis des siècles, mais sur quelqu'un avec qui on a couché quelques mois auparavant, c'est autre chose. L'occasion d'approcher la guide se présenta avant qu'il ait trouvé la bonne phrase. Alors il posa la question la plus banale, la plus bête, celle que l'on pose quand on ne sait rien et qu'on est là par hasard :

— Elle est toujours vivante, Karen Fleming ?
— Bien sûr ! Elle était là hier, pour l'inauguration.

Personne ne se tourna vers lui. Ils savaient tous déjà qu'elle avait présidé l'inauguration. La guide avait dû leur dire quand elle avait pris le groupe en main. Il n'avait pas écouté, celui-là. Il faut se faire une raison, quand on est guide, le rendement n'est pas de cent pour cent. C'est toujours ceux qui n'écoutent pas qui veulent savoir à contretemps.

La phrase entra dans la tête d'Antoine sans qu'il ait pu réagir. Seul son regard l'aurait trahi si on l'avait vu de près.

Il fit un petit signe de tête en guise de remerciement et s'éloigna avant qu'on ne s'aperçoive qu'il était étranger au groupe. Il venait d'avoir ce renseignement gratuitement mais ce n'était qu'une demi-satisfaction car ce qui l'intéressait vraiment était de savoir si elle viendrait aussi aujourd'hui.

En reculant pour se séparer des autres, il heurta une jeune femme qui s'avançait vers un tableau.

— Je suis désolé, j'ai fait un mouvement brusque et...

— Ce n'est rien, je vous en prie.

Il entendit à peine ces mots, son esprit était déjà ailleurs. Il était revenu à son idée première.

Il arrivait donc trop tard, un jour trop tard. Par réflexe, il jeta un regard circulaire dans la grande salle pour le cas où elle y serait encore, pour le cas où elle serait revenue pour une raison quelconque. Pendant un moment il crut, il espéra, mais il dut se rendre à l'évidence : c'était fini. Il ne reverrait jamais Karen. C'était le dernier espoir. C'étaient deux mondes incompatibles qui s'étaient approchés pendant une semaine hors du temps entre ciel et mer mais cela n'aurait aucune suite dans la réalité. La mer avec les rêves qu'elle engendre et la terre avec les réalités qu'elle accumule sont-ils donc éternellement incompatibles ?

Déçu, déconcerté, encore sous l'action de cette sanction qui le forçait à oublier cette tranche refermée de sa vie, il commença l'inspection détaillée des tableaux. Toutes des toiles d'au moins deux siècles. Toutes italiennes. Des peintres qu'il ne connaissait pas, il lisait les noms sur les plaquettes placées sous les tableaux.

Il Dalmatino ; Portormo ; Andréa del Sarto ; Lippi... Il cherchait des repères, il cherchait un Caravage, une décollation, un dessin préparatoire du tableau de La Valette, il l'aurait reconnu, sûrement, peut-être, pas certain du tout. Mais il n'y avait pas de Caravage.

Il n'avait pas encore tout vu, maintenant il n'était même plus certain d'être encore vraiment intéressé, lorsque brusquement quelqu'un, devant lui, fit un pas de côté et il se trouva en face du Guardi de Venise. Son Guardi, celui qu'il avait tenu dans ses mains avant même qu'il entre dans la collection de Karen. Le Guardi à Karen et à lui. Leur Guardi à eux deux. Ce fut le grand choc. Il aurait voulu s'approcher encore, toucher le cadre comme pour lui dire « Tu te souviens, je t'ai tenu dans mes bras, il doit y avoir encore mes empreintes sur le bois. C'était à Venise. Tu ne te souviens pas ? Réponds-moi, dis-moi quelque chose.» Mais le tableau refusa de lui répondre, il ne le reconnut pas et resta muet, immobile et indifférent au regard insistant d'Antoine.

Antoine s'approcha encore, sa jambe effleurait déjà le cordon rouge qui sépare les chefs-d'œuvre du reste de l'humanité, lorsque quelque chose sonna. Pas très fort, il est vrai, ce ne fut pas l'alarme générale, mais suffisamment pour que les gens tournent la tête dans sa direction et qu'un surveillant s'approche :

— Monsieur s'il vous plaît !

Il comprit, recula et se tint immobile devant ce petit tableau qui représentait tant pour lui.

Il éprouva alors un sentiment de frustration étrange. Il interpréta la remarque pourtant discrète du surveillant, comme si on lui refusait l'entrée du palais Loredan. Lui qui en avait tenu les clés en main, qui, dans un bel habit bleu, en grand seigneur, était descendu de sa gondole, quelques mois auparavant, et avait franchi le porche d'un pas décidé, lui, qui par l'imagination, avait pénétré dans les salons, avait regardé à travers l'une des fenêtres donnant sur le Grand Canal, était maintenant un intrus remis en place par un simple surveillant qui n'était même pas en tenue de brocart digne du palais qu'il prétendait interdire.

Bien que ses yeux fussent toujours ouverts, il ne voyait plus l'exposition, il voyait Venise, il voyait l'arrière salle du marchand et surtout il voyait Karen dont les pas résonnaient dans sa tête, en accord avec les siens, sur les dalles du quai des Schiavioni.

Antoine, l'informaticien, qui passait la moitié de sa vie dans l'abstrait, se prenait maintenant pour un grand seigneur du dix-huitième siècle, spolié de son palais qu'il venait de perdre au jeu, un soir de déprime, au « ridotto Venier ».

Non ! Il ne l'avait pas hypothéqué au jeu, il n'était pas responsable, on le lui avait volé. Un personnage maléfique était intervenu par simple méchanceté : Le maître d'hôtel du bateau, sur ordre de son patron qui ne pouvait être que Casual. Pourquoi ? Pourquoi tout s'était terminé de façon si brutale ? Comme un accident qui vous laisse éternellement désemparé.

Combien de temps resta-t-il ainsi à rêver ? à changer de siècle, à penser à Karen ? Assez pour que certains commencent à trouver qu'il exagérait car il bouchait la vue. Enfin il se ressaisit et s'écarta sur le côté. Alors la jeune femme qu'il avait bousculée quelques minutes avant s'approcha et put enfin contempler cette petite vue de Venise, placée là entre une grande déposition et une non moins grande annonciation.

Il se retourna une dernière fois vers le tableau mais la tête de la jeune femme le lui cachait. Par un instinct d'homme habitué aux détails qui complètent le charme féminin il remarqua qu'elle portait des boucles d'oreille en lapis lazuli.

Antoine n'était plus en état de regarder avec sérénité le reste de l'exposition. Il alla de toile en toile en ayant l'esprit ailleurs. Ces changements de siècle lui traversaient l'esprit, le désorientaient, le mettaient mal à l'aise. Comme ceux qui ont faim lorsqu'il faut se coucher et qui prennent sommeil à l'heure normale du repas. Parfois il s'immobilisait comme s'il avait cherché dans sa mémoire les symboles représentés sur la toile placée devant lui, mais en réalité cela traduisait l'impossibilité à se concentrer vraiment sur ce qu'il voyait.

Après avoir tout vu, pour ne pas dire tout survolé, il sortit dans le jardin pour prendre un peu d'air frais et remettre de l'ordre dans sa tête.

Il faisait beau, bien qu'un peu frais, et comme midi avait sonné depuis un moment déjà, il pensa qu'un café lui ferait du bien. Il se dirigea vers la cafétéria. Il y avait déjà pas mal de monde. Aucune table n'était totalement inoccupée.

A l'une des tables était assise la jeune femme qu'il avait heurtée une demi heure plus tôt. Il la voyait de dos, mais c'était elle, ses boucles d'oreille ne permettaient aucun doute. Pourquoi ne pas choisir cette table-là plutôt qu'une autre, puisque la seule personne connue y était ? Connue ? Comment connue ? Il l'avait légèrement poussée de dos en reculant puis l'avait aperçue ensuite devant le Guardi. Il n'avait échangé avec elle que deux mots. Cela suffisait-il pour poser sa tasse de café devant elle? Oui, cela suffisait puisqu'il lui avait déjà parlé. Il s'était excusé. Elle lui avait répondu. Les autres personnes présentes n'étaient que des silhouettes, des êtres abstraits qui ne parlaient peut-être même pas français. Il ne pouvait qu'aller vers celle-là, lui dire quelque chose, mais quoi ? Elle aussi se souvenait de lui, naturellement. Il avait été poli, navré, sincèrement désolé. Elle ne pouvait pas lui en vouloir.

Il lui restait quatre pas à faire avant de poser sa tasse ; le laps de temps était bien court pour trouver la phrase adéquate qui tournait dans sa tête, sans verbe, sans syntaxe, toute confuse. Il était là maintenant, juste derrière elle, c'était le moment.

— Vous permettez ?

C'est tout ce qu'il trouva à dire.

Après tout, que pouvait-il dire d'autre ?

La première gorgée de café lui fit gagner quelques secondes. Mais il avait besoin de parler, de parler à quelqu'un qui lui répondrait et le sortirait de son idée fixe.

C'était assez délicat pour lui car il ne songeait pas à draguer cette femme ni aucune autre, il n'était pas venu pour ça. Il voulait simplement que quelqu'un, sans s'en douter, lui fasse comprendre que Karen Fleming n'était pas le centre du monde et que la vie continuait. Il devait choisir ses phrases, il s'en tira fort bien.

— Vous avez vu la totalité de l'exposition ?

Elle posa lentement sa tasse sur la soucoupe, le regarda une ou deux secondes qui parurent interminables à Antoine avant de lui dire :

— Je l'ai parcourue une fois, mais j'y retournerai dans un moment. On ne voit pas les choses de la même manière la deuxième fois.

Antoine mourait d'envie de lui demander :

— Et le petit Guardi ? Vous avez vu le Guardi ? Vous l'avez aimé ? Il est beau, n'est-ce pas ?

Comme s'il en était l'ancien propriétaire, comme s'il l'avait possédé, comme s'il s'en était séparé par nécessité , une histoire d'héritage qui l'aurait desservi, mais il se retint de peur du ridicule.

« Ce type n'a aimé qu'un seul tableau », aurait-elle pensé alors.

Ce n'était pas du tout le but recherché. Il fallait parler de tout sauf de ce tableau-là.

— Il est vrai que lorsqu'il y a tant de monde on est en quelque sorte porté par le mouvement général et on rate des détails. Il n'est pas toujours facile de s'approcher des tableaux.

« Surtout si tu restes indéfiniment devant. » pensa-t-elle. Mais aussitôt après elle regretta cette remarque désobligeante qui lui avait traversé l'esprit sans raison valable.

« Il est aimable, très correct, ce n'est pas bien de ma part d'avoir pensé cela ; je dois faire un geste. »

Antoine ne s'aperçut de rien il en était à sa deuxième gorgée de café.

— C'était déjà ainsi l'année dernière, entendit-il. Ce n'était pas une phrase quelconque, c'était une perche tendue, elle connaissait la réplique qui suivrait.

— Vous êtes une habituée du lieu ?

C'était bien la suite prévue. Là elle ne se sentait plus en faute. Il avait bien saisi la perche tendue.

A partir de ce moment, tout devint plus facile, les phrases de plus en plus longues s'enchaînaient avec facilité tandis que le reste du café refroidissait au fond la la tasse. Ce n'était plus qu'un accessoire dont la température importait peu.

Comme on était loin de Karen maintenant.

La salle commençait à se vider lorsqu'elle regarda sa montre :

— Je vais y retourner. Vous venez aussi ?

Ils reprirent la visite dans l'ordre inverse. Ils commencèrent par le Bencovich : *Alexandre le Grand et son médecin Philippe,* lisait-on sur la tablette. Antoine ne connaissait pas la légende mais il n'osa rien demander. Le tableau était beau en soi, il en était troublé.

— Vous aimez ? C'est dommage que le tableau ait été coupé. Il manque une bande du côté droit. La suite de la scène est moins évidente.

Comment savait-elle que le tableau n'était pas entier ? Qui était-elle ? un expert ? Une directrice de galerie ? Une antiquaire ? Une restauratrice de tableaux ? Il savait que le métier existait.

Il allait encore une fois se sentir complexé mais cette fois il ne se laisserait pas faire sans résister. Cette femme, dans deux heures aurait disparu ; il ne la reverrait plus. Il pouvait se jeter à l'eau. Alors il se tourna vers elle prit un air à la fois étonné et admiratif et lui dit :

— Comment savez-vous que le tableau a été coupé ?

— La guide qui accompagnait le groupe ce matin l'a dit.

— Ah ! Vous avez écouté aux portes.

Elle le regarda en souriant et ajouta :

— J'ai fait comme vous !

Antoine respira, elle avait donc entendu sa question ridicule à la guide. Il avait à côté de lui une femme normale.

Et pour la première fois de la journée il vit dans le regard de cette jeune femme, un espace inconnu qui l'attirait.

Bien qu'aucun des deux ne s'en doutât encore, c'était l'instant sublime où le monde bascule, où le passé ne compte plus, où le futur vous appelle sans vous montrer le chemin, où tout est à refaire sans savoir où l'on va et qui on trouvera en fin de compte au bout de ce chemin. Mais cet instant éphémère n'est qu'un signe, il ne se suffit pas à lui-même, il vous donne simplement le signal du départ.

Antoine trouva assez cocasse que l'on puisse ainsi faire bouger les lignes en reculant de deux pas sans se soucier de l'environnement. Car tout était parti de là.

A partir de cet instant ils ne se séparèrent plus. Ils passaient de tableau en tableau en se demandant leur avis pour mieux se connaître.

Lorsqu'elle souhaitait passer au tableau suivant, elle se tournait vers Antoine comme pour lui demander s'il était d'accord et il en était toujours ainsi.

Arriva enfin l'instant de vérité : ils étaient devant le Guardi.

Elle remarqua que quelque chose d'autre passait dans la tête d'Antoine. Ce n'était plus l'admiration d'une œuvre d'art, ce n'était plus le regard charmé devant la lumière caressant les berges du Grand Canal, c'était un regard profond comme s'il voulait voir à travers la toile. C'était presque une douleur.

— Il est beau, n'est-ce-pas ?

Elle venait de prononcer la même phrase que Karen.

Antoine approuva de la tête mais ne put prononcer aucune parole. Il savait qu'il voyait le tableau pour la dernière fois et devait garder son amertume pour lui seul. Karen, Karen, pendant combien de temps allait-elle encore tourmenter ses pensées ?

Ils passèrent à la toile suivante puis encore à la suivante et chaque fois il disait quelques phrases pour simplement entendre sa voix et contre-balancer le silence pesant qu'il avait imposé à sa compagne lorsque le souvenir de Karen l'avait repris par le bras et transporté à Venise.

A quelques mètres d'eux, il y avait un autre groupe avec la guide du matin, qui refaisait inlassablement le même circuit.

Lorsque le groupe fut très près, Antoine put lire furtivement le nom de la guide sur son badge : Birgit Ca... guide.

*

Quand ils eurent tout vu et tout revu, la sortie n'était qu'à quelques pas. Il la laissa passer devant et au moment de franchir le seuil, juste derrière elle, il se retourna et vit au fond, au loin, la silhouette minuscule de son Guardi : c'était le visage de Karen qui lui faisait un dernier petit signe d'adieu.

Une fois dehors, il lui proposa de la ramener à Lyon, sa voiture était garée dans une rue à quelques dizaines de mètres.

Elle ne refusa pas vraiment.

— Je ne reviens pas aujourd'hui. Je vais chez ma sœur à Genève. Je ne rentrerai que demain.

Alors il lui proposa de la déposer en passant, il ferait le tour du lac. Mais elle avait déjà son billet de retour, il eut été dommage de le laisser perdre.

Ils marchèrent le long de l'avenue du Grand St Bernard. La voiture d'Antoine était toujours là, il la regarda d'un air indifférent, sans insister.

Il faillit dire : « C'est ma voiture. » mais il eut peur qu'elle n'en profite pour lui souhaiter bon retour et lui dire adieu ici-même puisque la gare était déjà en vue.

Ils s'arrêtèrent sur le trottoir d'en face. Les gares sont faites aussi pour se séparer. Antoine comprit alors qu'il devait faire à la fois le premier et l'unique pas, sans rien de certain en attendre en retour.

Il lui donna une carte avec son adresse électronique en lui disant :

— Si une autre exposition a lieu à Lyon, on pourrait la voir ensemble.

Elle comprit que la phrase signifiait beaucoup plus qu'il n'y paraissait et en apprécia l'élégance. Après tout, elle était maîtresse du jeu et pouvait même ne pas jouer du tout.

Ils partirent chacun de son côté mais à peine avait-il fait quelques pas il se retourna et l'aperçut de dos qui pénétrait dans la gare.

La reverrait-il ?

Dans le train qui la ramenait à Genève, elle repensa à cet homme qui n'existait pas quelques heures auparavant. En fait elle ne le connaissait que depuis le matin bien qu'ils aient sympathisé le reste de la journée. Cela ne signifiait rien de sympathiser dans le cadre d'une exposition. Les phrases étaient faciles à trouver, elles tournaient toutes autour du même sujet et ne prouvaient pas grand chose.

C'était du rêve. On était transporté dans le temps sans le moindre effort et on avait côtoyé des chefs-d'œuvre valant une fortune comme s'ils étaient à soi. Sortis de là, c'était différent ; c'était la vie avec toute sa complexité. Dehors, tout devenait plus terre à terre, moins coloré, moins poétique.

Il était peut-être venu pour faire une rencontre, pensa-t-elle. C'était peut-être un habitué de ce genre de technique. « Pourquoi était-il resté si longtemps prostré devant ce Guardi sans bouger comme s'il préparait patiemment son coup, alors que je le regardais ? Même lorsque je n'étais déjà plus devant le tableau, il le fixait encore. Bizarre ! »

Toutes ces pensées négatives traversaient son esprit depuis un bon moment pendant que le train roulait. Cela la mit mal à l'aise car il avait été parfait. Cependant elle se réjouissait de n'être pas rentrée avec lui en y ajoutant toutefois une pointe de regret, un regret de politesse, bien sûr, peut-être même hypocrite, mais qui excusait un peu les pensées désobligeantes qu'elle venait d'avoir.

Elle n'était pas encore arrivée à Genève, qu'elle ne retenait de lui que des points positifs.

*

Antoine revint sur ses pas et reprit sa voiture.

Une fois les soucis de la circulation en ville dépassés et la frontière franchie il retrouva la conduite monotone de l'autoroute.

Alors il se mit à parler tout seul comme si elle était assise à côté de lui, à lui poser des questions, à lui répondre, et une conversation de longue durée s'engagea entre lui et l'ombre de cette femme qui aurait pu se trouver sur le siège d'à côté. Ils évoquèrent les sujets les plus variés. Elle n'était pas toujours de son avis mais elle y mettait les formes et les réponses étaient très nuancées, si justes, si pertinentes, cela lui donna envie d'aller encore plus loin. Le sujet dériva peu à peu, devint plus profond, plus complexe, nécessitant un temps de réflexion avant de conclure. Maintenant ils n'étaient plus dans la peinture, la tournure devint moins générale, plus humaine, plus personnelle, et lorsqu'il arriva à destination il avait l'impression qu'ils étaient d'accord sur tout. Puisqu'il l'avait pétrie à son image, il ne pouvait pas en être autrement. Alors il reconnut qu'il n'avait jamais rencontré une femme aussi parfaite et dut s'avouer qu'il était amoureux de l'image qu'il venait de s'en faire. Allait-il devenir amoureux pour de bon ?

Suffisait-il d'une journée pour que tout bascule ? Allait-il faire son deuil de Karen et placer son souvenir au fond de sa mémoire là où on ne va que rarement ? Mais non ! Il fallait bien plus que cela. Maintenant qu'il était arrivé il n'avait plus besoin de parler tout seul. On risquait de l'entendre, de le regarder avec curiosité, voire de le plaindre.

Allons ! La journée avait mal commencé mais agréablement fini. Que demander de plus ? Il alluma l'écran de son ordinateur pour redevenir lui-même et se persuader que cette journée n'était pas moins banale que les précédentes.

6

En rentrant il trouva le message de Casual. Il le rappela :

— J'ai besoin de vous voir demain place Bellevue à 13 heures.

— Là-haut ?

— Oui, là-haut.

Avant qu' Antoine ait pu en apprendre davantage, il avait raccroché.

Cela lui gâcha sa fin de journée et le mit de mauvaise humeur. Que voulait-il encore ? Il avait pourtant l'impression d'avoir mérité tout seul la rencontre avec cette inconnue. Il ne lui devait rien. Le hasard n'était pas intervenu, c'était son geste maladroit qui avait amorcé tout le processus . La chance, oui, la chance, mais pas le hasard.

Il déjeuna rapidement derrière les Terreaux et monta à pied sans se presser. La pente était raide mais il faisait très beau et la marche l'aiderait à digérer.

Casual n'était pas encore arrivé lorsqu'il s'assit sur l'un des trois bancs placés là pour qu'on puisse admirer la moitié de Lyon quelques centaines de mètres en contre-bas. La petite place était déserte à cette heure-là.

L'attente n'était pas désagréable et pour le faire patienter, le mont Blanc pointait à l'horizon lointain sa tête légèrement rosée par le soleil de la mi-journée.

Il regarda sa montre : à treize heures cinq, comme Casual n'était pas là, Antoine commença à s'impatienter.

Enfin il le sentit venir derrière son dos, arrivant de son pas lourd, martelant le sol comme s'il avait quelque chose à lui reprocher.

Il s'assit. Il avait l'air des mauvais jours, un teint de la couleur du ciel de novembre, et tout en regardant les Alpes à l'horizon, comme s'il apercevait les premiers coteaux de la Suisse, il lança :

— Alors, vous n'avez pas pu vous empêcher d'aller à Martigny ? Qu'espériez-vous ? la retrouver ? Je vous avais dit que c'était terminé. Après si longtemps, vous auriez dû l'oublier et penser à autre chose. A quoi ça sert de remuer le passé à votre âge ? D'ailleurs vous avez si peu de passé et tant d'avenir. Pensez un peu à l'avenir. Croyez-moi !

Heureusement que je vous ai mis votre ancien camarade dans les pattes, sinon vous y seriez allé samedi, et alors que serait-il arrivé ? Y avez-vous songé ?

Antoine le regarda abasourdi.

La rencontre fortuite avec son camarade de classe, c'était donc l'œuvre de Casual ? Avait-il prévenu le risque de rencontrer Karen et que la liaison reprenne ?

Qui aurait pu prévoir comment les choses auraient tourné si Antoine était allé à Martigny le samedi ? Casual, en homme prudent, avait bien calculé et avait fait en sorte d'éviter les surprises car il ne les aimait pas. Le hasard n'aime pas les surprises il n'aime que ce qu'il contrôle et il contrôle pratiquement tout sauf les surprises.

Comment avait-il su qu'Antoine était allé tout de même à l'exposition Fleming ? Il n'en avait parlé à personne. Il avait donc des antennes même en Suisse ? Ils se rendaient donc des petits services entre eux ces gens-là ?

Était-il aussi au courant de ce qui s'était passé ensuite ?

— Au fait, reprit-il, vous avez vu ma fille ? Elle m'a dit qu'elle vous avait rencontré.

Antoine reçut un choc.

Sa fille ? Elle était donc sa fille. Il était amoureux de la fille de Casual ! Non, trop c'était trop. Voilà pourquoi il savait, cet homme-là. Il était au courant de tout. Il avait tout manigancé. Elle n'était donc pas là par hasard, cette femme. Elle faisait certainement partie, elle aussi, de l'organisation. Elle s'était précipitée chez son père pour lui faire un rapport sur la journée passée en Suisse au lieu d'aller chez sa sœur comme elle le prétendait. Et il s'était confié, bêtement, sans méfiance. Il lui avait même donné ses coordonnées. Quel idiot il était.

Il était allé à Martigny pour y rencontrer Karen et n'avait rien trouvé de mieux que de draguer la fille de Casual. Quel crétin !

Il émergea de sa stupeur et ne put sortir que deux mots :

— Votre fille ?

— Oui ! Elle est guide à la fondation. Vous lui avez posé la plus bête question qui soit. On en a rien rigolé tous les deux ! Comment avez-vous osé demander si madame Fleming était encore en vie ? Quelle imagination ! Vous vous êtes surpassé.

Antoine respira. Il revivait. Il n'entendit pas la fin de la phrase. Il eut l'impression de revenir de loin. Il avait supporté pendant quelques secondes un poids immense qui l'avait écrasé, qui l'avait rendu furieux contre lui-même, et maintenant il était à la fois soulagé et rempli de honte. Tout le mépris qui avait traversé sa tête, sans aucun contrôle, lui revenait maintenant de face et le pétrifiait. C'était comme s'il avait insulté publiquement, sans raison, cette femme qu'il pensait aimer quelques secondes avant. Et maintenant il ne savait comment s'y prendre pour se faire pardonner une conduite inexcusable.

Alors il brava Casual. Il lui jeta un regard faussement étonné et ajouta :

— Je n'ai vu la guide que de dos. Je ne la reconnaîtrais pas si je la rencontrais.

Aucun père ne supporterait sans réagir qu'on lui dise : Votre fille est tellement insignifiante que je ne la verrai même pas si je la croisais.

Casual ne montra pas qu'il était profondément vexé mais ne résista pas à l'envie de lui dire :

— Il est vrai que l'autre, la Lyonnaise, vous intéressait davantage!

Antoine voulut couper court et en venir aux faits.

— Pourquoi m'avez-vous convoqué ?

— Pour vérifier que je pouvais compter sur vous si le besoin s'en faisait sentir inopinément.

Antoine se sentit alors dans le rôle d'une voiture dont on ne se sert pas mais que l'on met en marche une fois par semaine pour s'assurer que la batterie n'est pas déchargée.

Tout d'un coup, Casual se leva avec un empressement marqué, en disant : « Tenez-vous prêt. » Puis sans transition, en s'en allant, il ajouta :

— Vous savez que vous pouvez compter sur moi si vous êtes raisonnable.

Et il ajouta à voix basse : « et seulement dans ce cas. »

Antoine ne se retourna pas. Il resta immobile un long moment, regardant en dessous de lui le paysage qui s'étendait jusqu'à l'infini. Puis il ferma les yeux. Il ne se rappelait plus rien, il avait passé un moment assis au soleil après déjeuner en attendant l'heure de retourner à son travail.

*

Une fois seul, Antoine se remémora le badge aperçu furtivement sur le pull de la guide de Martigny. Ce petit détail destiné à demeurer éternellement dans les oubliettes de sa mémoire, lui apparaissait maintenant en pleine lumière.

Birgit C... , bien sûr, Birgit Casual !

Jamais il n'aurait imaginé qu'il puisse avoir une fille. Les agents secrets n'ont pas de fille. Ils n'ont pas de famille. Ils ne sont pas mariés. Ils n'ont que des aventures. C'est ça, Birgit était le fruit d'une aventure !

Qu'est-ce que cela pouvait lui faire qu'elle s'appelle Birgit ? Ce n'était pas ce prénom-là qui l'intéressait, c'était l'autre. Le prénom qui l'éloignerait pour toujours des Casual et de leurs magouilles, le prénom qu'il ne connaîtrait peut-être jamais.

Cette dernière éventualité déversa sur lui une pluie de reproches. Pourquoi ne lui avait-il pas demandé une adresse, un numéro de téléphone, quelque chose, n'importe quoi en lui tendant sa carte. C'était l'occasion ou jamais puisqu'il avait fait le premier pas. Il aurait pu dire : « Si de mon côté je découvre quelque chose à voir, je vous préviens aussi ». Dire ça ou autre chose, n'importe, mais rien ne lui était venu à l'esprit. Il n'avait pas osé ou bien s'était-il persuadé que ce n'était pas la peine, qu'elle appellerait de toute façon. Quel imbécile, mais quel imbécile !

Et il marchait, droit devant lui, avec le prénom Birgit dans la tête comme une mouche qui s'obstine malgré les gestes répétés pour la chasser.

Alors il se rappela l'une des phrases du père : « Il est vrai que l'autre vous intéressait davantage! » et cela le remplit d'inquiétude. Casual allait-il se mêler de cela aussi ?

7

C'est ce jour-là qu'il reçut le courrier qui allait, pensa-t-il, bouleverser sa vie.

Il avait programmé son ordinateur pour que tous les messages reçus d'origine inconnue tombent directement à la corbeille, qu'il vidait de temps en temps, machinalement, en y jetant parfois un coup d'œil distrait.

Il avait fait le ménage de sa boîte aux lettres la veille. C'était le premier message qui y tombait depuis. Comme son travail piétinait et qu'il somnolait un peu, il eut la curiosité de l'ouvrir, dès qu'il s'afficha, pour ne pas faire comme d'habitude et peut-être aussi pour dégourdir son index qui depuis un long moment effleurait timidement la souris. Il n'est pas toujours bon de laisser les automatismes agir sans contrôle ; ils finissent par considérer que vous n'existez plus et risquent, à la première occasion, de n'en faire qu'à leur tête.

« Bonjour, comment allez-vous ? Vous souvenez-vous de moi ? Le musée St Pierre vient d'acheter un petit Guardi. Il sera visible dès demain. Je compte aller le voir dimanche après-midi. Peut-être y serez-vous ? Ève. »

Il était maintenant complètent réveillé.

Ève, elle s'appelait Ève. Bien sûr qu'il y serait. Il eut une sueur froide dans le dos en pensant qu'il aurait très bien pu rater le message. Il s'en était fallu de peu, de si peu, d'un clic. Un simple clic peut changer une vie.

Il sortit le message de la corbeille et le mit en sécurité, loin du trajet habituel du curseur, très loin, le plus loin possible.

Moins d'une minute plus tard, sa réponse partait, faisait le tour du monde, à la vitesse de la lumière, en sautant d'un satellite à l'autre pour atterrir enfin à quelques centaines de mètres de chez lui. Il fallait lui dire de suite qu'il serait là, qu'il était certain d'être là. Cela ne pouvait pas attendre.

Etait-il certain que le message était bien parti et qu'il était arrivé à bon port ? Avec ces engins on n'est jamais sûr de rien. Au bout d'un moment, le logiciel de messagerie n'avait émis aucun message de « désolation » en anglais ce qui le rassura.

*

Antoine n'était jamais entré dans ce jardin qui a gardé toute son authenticité. A quelques mètres de là, au dehors, les voitures se suivent, répandant un bruit de moteur hostile, pulvérisant sur la chaussée une nappe invisible et insidieuse de particules mortelles, l'environnement classique de la vie moderne, sans âme, sans pitié pour les oreilles et les poumons des flâneurs.

Mais dès le porche franchi, c'est le silence, le silence de cloître, qui vous fait oublier le risque pris en traversant la rue.

Il regarda les quelques bancs près des statues de bronze mais elle n'y était pas. Ces bancs étaient d'ailleurs tous occupés. Il tourna une fois autour du bassin, vit, au loin, sur la place, encadrée par la voûte du porche, la grande fontaine toute ruisselante d'écume dont les chevaux furieux semblaient vouloir foncer sur lui.

Le bassin, à sec, au milieu du jardin le déçut un peu bien qu'il appréciât la beauté de la pierre blonde. Il aurait voulu voir la vasque débordant d'eau pour faire pendant au monstre fougueux en bronze qui lui faisait face à l'autre bout de la place.

Il n'avait pas connu l'époque où la fontaine était en activité. Des dizaines de poissons rouges prenaient alors du bon temps tout l'été dans l'eau fraîche à l'ombre de ce grand sarcophage de marbre. Poissons déposés là par les Lyonnais partant en vacances et bien décidés à les reprendre à leur retour un mois après.

Retrouveraient-ils leur compagnon dans cette communauté si homogène ? Peut-être, mais rien n'était moins certain. Alors ils prenaient celui qui leur semblait le plus ressemblant.

C'est ainsi que les poissons, l'été suivant, lorsqu'ils se retrouvaient, se racontaient entre eux comment ils avaient passé l'année chez leur nouveau propriétaire.

Il y avait les veinards et les autres.

Ils avaient parfois une pensée attendrie et pleine de sollicitude pour celui qui avait été condamné à vivre dans un bocal rond, sans horizon, sur le buffet d'une cuisine avec pour seule variante l'ombre fantasmagorique de la patte d'un chat aux pensées hostiles. Il lui fallait bien un été dans l'eau courante de ce petit paradis pour se refaire une santé.

Antoine se sentait ailleurs, tout le monde se sent ailleurs dans cet endroit, outre l'impression d'apaisement qu'il éprouvait, il attendait autre chose, il attendait Ève, il allait revoir Ève.

Il entrerait, se posterait devant le Guardi, qu'il reconnaîtrait bien sûr, il se sentait capable de reconnaître n'importe quel Guardi de loin, tellement il était concerné. Il attendrait le temps qu'il faudrait jusqu'à ce qu'elle vienne, car elle avait promis de venir. Non, elle n'avait pas vraiment promis, elle avait simplement dit qu'elle comptait venir, ce n'était pas tout à fait la même chose. Si ! C'était la même chose. Il voulait qu'il en soit ainsi. Pourquoi l'aurait-elle averti si cela avait été une simple idée en l'air ? Mais était-il maître du comportement et de la décision des autres ? Suffisait-il de le penser, de le souhaiter très fort, pour que des ondes se propagent et arrivent jusqu'à elle et la contraignent à venir ?

Alors, avant de franchir la porte vitrée, il se tourna encore une fois vers la grande fontaine et, sous la voûte, il la vit apparaître.

Il avait eu bien raison de le souhaiter si fort ; c'est pour cela que tout se passait comme il fallait. C'était le triomphe de la volonté, du désir intense. Une transmission de pensée diffuse, à laquelle il avait toujours refusé de croire jusqu'alors, avait guidé les pas de celle qu'il attendait. Allait-il devenir superstitieux ? Non, c'était uniquement de la prétention. Il s'attribuait un mérite qui ne lui appartenait pas.

— Vous savez que j'ai failli perdre votre adresse ? Ce furent ses premiers mots. J'avais oublié votre carte dans la poche de mon manteau. En fait ce n'était pas mon manteau, c'était celui de ma sœur. Je lui ai téléphoné le lendemain. Elle l'a trouvé là, qui attendait, bien sagement.

— Vous êtes donc deux sœurs jumelles ?

— Non ! mais nous avons la même taille, dit-elle en souriant.

Antoine, maintenant remis de ce qu'il venait d'entendre, pensa que son destin avait doublement flirté avec le danger. Il se dit qu'il avait beaucoup de chance. Qu'il avait eu raison de lui donner sa carte. Que c'était bien ainsi qu'il fallait faire. S'il avait fait davantage, elle l'aurait pris pour un dragueur et n'aurait pas donné signe de vie.

Il ne leur fallut pas longtemps pour trouver le tableau. Elle savait à peu près où il serait placé.

Ils le regardèrent longtemps, muets, comme à Martigny.

C'était un caprice, un tout petit caprice. Antoine, tout en reconnaissant la beauté de l'œuvre, ne se sentit pas vraiment ému ; il n'était pas guéri de son palais vénitien.

Elle parla la première :

— J'ai participé à la souscription. J'ai envoyé dix euros.

L'hésitation d'Antoine ne dura qu'une seconde. Ce n'était pas la phrase qu'il attendait. Mais comme tout bon informaticien, habitué à courir derrière les situations imprévues, il eut la réponse spontanément appropriée.

— Vous vous sentez copropriétaire du tableau ?

Elle se mit à rire, d'un rire spontané, franc, magnifique. C'était la première fois qu'il la voyait rire.

— Dans un certain sens, oui, peut-être. Comme il a coûté sept cents cinquante mille euros, je n'ai payé qu'un tout petit coup de pinceau, un coup de pinceau sur soixante quinze mille !

— C'est déjà beaucoup. Guardi vous remercie pour votre générosité !

Il eut la réaction attendue. Elle le regarda d'un air complice. Elle avait le sens de l'humour. Il avait fait mouche !

Il ignorait totalement que l'on pouvait souscrire pour qu'un musée achète une œuvre d'art. Jamais il ne s'était posé la question de savoir comment toutes ces toiles étaient arrivées là. Il s'imaginait que la plupart d'entre elles avaient étés offertes par des personnes âgées sans héritiers.

Il se demanda alors quelle valeur marchande on pouvait attribuer aux tableaux qu'il voyait sur les murs. S'il avait posé la question, on lui aurait répondu que la question n'avait pas de sens. Lorsqu'un tableau entre au musée, il se démonétise. Le prix d'achat représente ce qu'a coûté sa démonétisation. Et parfois, le divorce définitif entre l'art et l'argent coûte très cher.

Ils ne pouvaient pas rester indéfiniment plantés à échanger des répliques car ils n'étaient pas seuls et ils commençaient à gêner. Ils n'allaient pas recommencer comme à Martigny.

Alors ils firent quelques pas à gauche puis à droite pour s'orienter au milieu de cette grande salle.

— Voulez-vous que je vous montre mon tableau préféré ? Finit-elle par dire.

Bien sûr qu'il voulait, il voulait tout. Il était prêt à tout voir, à tout entendre, à tout savoir d'elle.

Alors ils traversèrent la salle, puis une autre et encore une autre, indifférents aux toiles accrochées aux murs qui ne les touchaient pas. Parfois ils frôlaient de grands tableaux avec des personnages plus grands que nature et qui semblaient vaquer à leurs occupations sans se soucier des badauds qui les regardaient faire.

Certains portraits les regardaient passer avec insistance comme pour signaler leur présence ou se faire remarquer. Mais cela ne suffisait pas et ils ne réussissaient même pas à ralentir leur marche.

Il n'y a rien de plus monotone, de plus banal, de plus ennuyeux, après être venu rendre visite à un tableau comme on le fait pour un parent, que de marcher doit devant soi, en silence, entre deux murs qui supportent des dizaines de tableaux inconnus qu'on n'a pas le temps de regarder.

Antoine n'eut pas le temps d'imaginer ce qu'il allait voir : un grand tableau ? Un petit ? Un très ancien ? Un très nouveau ? Il ne se posa même pas la question car il allait savoir lequel elle aimait le plus et c'était cela et cela seulement qui bouillonnait dans sa tête.

Et si elle préférait une horreur, saurait-il dissimuler sa déception ou bien la lirait-elle sur son visage comme dans un livre ouvert ? Il y a bien des gens qui préfèrent les horreurs, et pourtant ils sont normaux ou considérés comme tels.

Elle voyait déjà au fond de la salle, sur le mur de gauche, le tableau qui la faisait rêver. Lui, en revanche, ne savait pas encore de quel côte il devait se tourner.

Quand ils furent bien en face, elle s'arrêta et regarda Antoine sans lui dire un seul mot.

Le voilà donc, son préféré. Qu'il est petit, c'est peut-être le plus petit du musée, pensa-t-il.

Il se pencha et lut en bas de tableau : *La fiancée d'Abydos.*

Deux personnages au fond d'une grotte, mais quel élan, quelle maîtrise du mouvement. Mais aussi quelle frayeur devant la mort qui s'avance devant ce couple et que le spectateur devine dans leur regard.

— Pour moi, c'est le plus beau mais j'admets volontiers qu'on puisse ne pas l'aimer. Quel mélange de baroque et de romantisme. On a l'impression qu'ils sortent de la toile pour nous demander de l'aide. Ils sont si petits, pourtant, si petits...

Ce fut tout ce que Ève lui dit. C'était à lui maintenant de se montrer à la hauteur.

Il ne répondit pas. Approuva seulement d'un léger signe de tête.

Qui était cette fiancée ? Qui était Abydos ? Pourquoi demandaient-ils de l'aide ? Pourquoi sortaient-ils de la toile ? Qui les persécutait ?

Il comprit alors que certains tableaux valent par ce que l'on y voit et par ce que l'on en sait.

Ève ne s'attendait pas à ce qu'il donne son opinion et encore moins à ce qu'il lance un compliment banal qui aurait montré qu'il savait s'adapter à son interlocuteur, comme ces vendeurs qui ne disent jamais « non » à leurs clients et qui n'en pensent pas moins. Il le faisait certainement lui aussi dans le cadre de son travail.

Plusieurs fois, elle avait surpris quelques amis en leur présentant sa préférence. Certains avaient même montré sans vergogne leur déception, ce qui avait tiédi leurs relations, mais elle avait tenu bon.

Aujourd'hui c'était une sorte de test qu'elle présentait à Antoine. Si le réflexe était méprisant, tout pouvait s'arrêter. Si l'approbation ressemblait à un « oui » de commercial, tout s'arrêterait aussi.

Elle lui avait livré une tranche de son caractère, un peu d'elle-même, spontanément, sans savoir si cela en valait la peine. Il n'y eut pas de mauvais réflexe. Elle ne fut pas mécontente de son silence. Les phrases qu'elle venait de prononcer n'avaient donc pas rebondi sur la cuirasse des banalités. Puisque rien ne les avait arrêtées, elles avaient pénétré en lui comme des coups qui sur le moment ne laissent pas de traces mais dont les bleus apparaissent le lendemain. Il les entendrait peut-être de nouveau ce soir-même lorsqu'il serait seul. Mais peut-être l'avaient-elles simplement traversé sans s'arrêter, sans même ralentir comme s'il était transparent. Elle ne savait pas, mais tout cela avait tellement peu d'importance.

A partir de quand les choses prennent-telles de l'importance ? A partir du moment où le premier signe d'inquiétude apparaît quand on pense à l'autre. Pour le moment elle en était encore bien loin.

Dès qu'ils sortirent du jardin, le bruit de la rue rompit le silence qui jusque-là les avait enveloppés. Ils traversèrent la place et allèrent s'asseoir à l'une des deux terrasses près de la fontaine. Le bruit de l'eau qui ruisselait des grands chevaux de bronze couvrait presque totalement le tumulte des voitures.

La poussière d'eau que le vent léger poussait parfois jusqu'à leur table apportait avec elle une certaine fraîcheur propice aux confidences. Ils étaient, le temps d'échanger une phrase, comme protégés par un voile translucide que seuls les rayons colorés du soleil traversaient. Et ce voile, Antoine ne le savait pas encore, était opaque pour Casual qui malgré ses efforts ne pouvait pas entendre leurs propos. Ils étaient seuls, sans aide et sans échappatoire. Chacun devait être attentif et bien peser les mots que l'autre devait entendre car c'est dans ces moments-là que les destins choisissent le chemin à prendre. Et comme cela se fait très vite, le risque est grand de s'engager dans une impasse si on n'a pas bien saisi le sens caché des phrases prononcées.

Quand ils se quittèrent, chacun emportait dans ses bagages, bien plus que le simple prénom de l'autre. Quelque chose qui n'existait pas la veille venait de voir le jour, encore vague, fragile et insaisissable. Un espoir qui n'était même pas certain d'être partagé mais qui revendiquait son existence. Tout était encore à faire et Antoine décida que cette fois il prendrait les choses en main tout seul sans le secours du petit coup de main promis habituellement par Casual.

Il ne savait pas encore que Casual détestait les naissances dont il ne revendiquait pas la paternité.

Pour la première fois Antoine n'était plus solliciteur. C'était inutile et humiliant. Il n'avait plus besoin de personne.

— Je suis informaticien, lui avait-il dit presque en s'excusant.

— Je suis restauratrice en céramique ancienne, lui avait-elle avoué, d'un air assumé, presque radieux.

Ce fut son air radieux qui surprit. Antoine.

Restauratrice ! Que pouvait-elle restaurer ? Elle avait bien dit « céramique ancienne » Des assiettes, de vieilles assiettes ? Au vingt-et-unième siècle existe-t-il encore des gens, attachés à la vaisselle des arrière-grands-parents, qui lui apportent des plats en trois morceaux et payent pour les faire recoller ? Cela le laissa pour le moins rêveur. Mais ce n'était pas le moment de classer les métiers du plus utile au plus futile ni d'établir une hiérarchie du plus rémunérateur à celui qui ne rapportait rien. Il n'en était qu'au début de sa conquête. Il aurait bien le temps de réfléchir à cela lorsque tout serait consolidé.

Par instinct, par réflexe, ou par habitude, il avait sorti de la tête des affirmations à l'emporte-pièces, vieux clichés périmés, qui lui avaient valu souvent du succès auprès de cette catégorie de femmes qu'il avait fréquentées . Heureusement qu'il avait gardé tout cela pour lui. Un seul mot entendu l'aurait catalogué. Il était temps qu'il fasse du nettoyage dans la partie du cerceau qui gérait ses instincts.

Et soudain il eut honte des pensées qui venaient de traverser son esprit. Était-il donc toujours le même ? N'avait-il rien appris avec Karen ? Oui, il fallait oublier Karen mais pas le changement qu'elle avait opéré sur lui. Avait-il encore le même mépris pour les métiers dont il n'avait jamais entendu parler ? Ceux de l'art, en particulier. N'avait-il pas senti que tout changeait en lui ? Il avait pourtant pris des résolutions. C'était le moment de les tenir. Oui ! Il les tiendrait. Mais il s'apercevait que les mauvais réflexes ont la vie dure, qu'il faut vaincre les réticences qui se sont accumulées au fond de soi, et qu'un tel bouleversement de soi-même ne peut pas être instantané et qu'il est toujours douloureux.

*

 Une fois rentré, il se précipita sur son ordinateur qu'il laissait constamment allumé. Mais une fois devant l'écran il marqua un temps d'arrêt, il ne savait plus par où commencer. Quelle question allait-il poser au monde entier dans l'anonymat de son clavier ? Allait-il demander à la cantonade, en faisant le tour de la Terre, en sautant de satellite en satellite à la vitesse de la lumière, « Qui connaît la fiancée d'Abydos ? » comme on aurait demandé autrefois à un groupe de camarades, tous à portée de voix, : « Qui connaît la nouvelle copine d'un tel ? »

 Tous les maniaques des forums, tous ceux dont la seule distraction est de faire de l'humour de bas étage, allaient lui répondre : « Moi, moi, je la connais, je l'ai sautée avant lui. C'est vrai en plus ! »

 Ils donneraient même son prénom, pour faire plus réaliste. Il aurait alors une liste de prénoms à ne pas savoir qu'en faire, car cela ferait boule de neige, chacun y ayant ajouté son fantasme, et une fois de plus il devrait reconnaître qu'avant d'obtenir un résultat sérieux il devrait marcher sur le tapis du mauvais goût où l'attendaient ceux qui n'avaient pas d'autre plaisir que de ricaner sur leur propre bêtise.

Et s'il avait demandé : « Comment recolle-t-on les assiettes cassées ? » aurait-il eu de meilleurs résultats ? Certainement pas : on lui aurait demandé sur la tête de qui il les avait cassées.

Il était sur le point d'arrêter, de tout abandonner et d'attendre que ses idées soient moins confuses, et ce fut presque sans le vouloir qu'il écrivit « la fiancée d'Abydos » dans la fenêtre blanche du moteur de recherche.

Alors, comme si la machine avait compris que cela était très important pour lui, comme si elle s'était rendu compte qu'il sollicitait humblement sa collaboration, elle fit clignoter sa diode verte de plus en plus vite, traça sa route par des chemins qu'elle seule connaissait et, en moins de deux secondes, elle le prit par la main et le guida au bon endroit. Là, il n'y avait pas de maniaques. Personne ne le tourna en dérision. Il vit, il lut et il sut.

C'est à ce moment-là qu'Antoine, se voyant remonter les bretelles par un objet qu'il croyait sans âme, devient vraiment quelqu'un d'autre.

Oui, il retournerait au musée revoir le tableau préféré d'Ève. Il irait tout seul pour la première fois de sa vie.

Oui, il irait au Louvre voir l'autre version. Oui, il irait peut-être un jour à Fort Worth en voir encore une autre. Oui, il lirait Lord Byron en entier. Il ferait tout, tout ce qu'elle avait fait avant lui et même un peu plus pour qu'elle voie que s'il ne l'avait pas fait plus tôt, c'est que personne ne lui avait lancé le défi. Il se trouva subitement changé. Il eut envie de remercier son ordinateur, d'embrasser même l'écran et pourtant il se ressaisit et se domina. C'est ridicule, pensa-t-il ; on n'embrasse pas un écran d'ordinateur à mon âge. A quel âge embrasse-t-on un ordinateur ? Quelle idée ? Une grande fierté l'envahit cependant car c'étaient des hommes comme lui qui avaient inventé ces machines, permettant à l'humanité de passer de l'âge inculte des cavernes à la culture moderne. Il suffisait, grâce à ces hommes-là, de presser un bouton, d'écrire un mot, de faire un vœu pour que tout soit offert devant leurs yeux émerveillés. L'humanité n'avait plus qu'à saisir, qu'à recopier, qu'à imprimer la totalité du monde. Et il se sentit fier d'apporter sa contribution à la fabrication de l'outil sans lequel rien ne serait possible, un peu comme un luthier que personne n'applaudit jamais à la fin d'un concert et qui pourtant est à l'origine de tout. Sans le luthier on gratterait encore des boîtes en bois blanc. Sans nous, pensa-t-il, la culture se perpétuerait oralement de père en fils pour une infime minorité.

Oui, dès qu'il la reverrait, il lui annoncerait qu'il était au courant de tout et que cela avait été d'une facilité extrême ; il était dépositaire du savoir universel dont il tenait la clé. Le code pour ouvrir le grand coffre du savoir était simplement : « clic gauche de la souris ».

Mais dans son zèle effréné de se montrer parfait, il ignorait qu'Ève n'avait jamais entendu parler de Byron, qu'elle ne savait pas où les Américains imprimaient leurs dollars, qu'elle n'était jamais allée au Louvre et qu'elle aimait ce tableau parce qu'il était beau, parce qu'il la faisait rêver et qu'en le regardant elle ressentait une émotion très personnelle devant la tragédie annoncée dont elle ignorait la trame.

Mais après cette bouffée de chaleur qui l'avait surexcité il devint plus raisonnable et après une pause bénéfique, après avoir bu un grand verre d'eau fraîche, il corrigea sa position dans l'échelle des valeurs. Il jugea que finalement s'il voulait se considérer comme un serviteur de l'Art il devait se situer à la place du fabriquant de pinceaux chez qui s'étaient toujours servis et se serviraient encore les génies de la peinture. Ce qui, après tout, était déjà très bien.

Ce manque de finesse dans son désir de conquérir une femme qu'il connaissait si peu faillit le perdre. Il voulait passer en force comme il l'avait déjà fait avec succès mais cette fois il avait tort. Il s'aperçut bientôt, heureusement pour lui, qu' Ève était une femme à la fois sensible et insaisissable s'il s'y prenait ainsi. Elle se situait sans doute entre le romantisme et l'impressionnisme. Un domaine qui, bien qu'il ne comporte que très peu de sujets, est difficile à appréhender et ne se laisse approcher qu' avec humilité.

Ce jour-là, son dernier jalon de séducteur venait de disparaître.

8

Quelques jours après, Antoine appela Ève. Elle n'était pas libre :

— La semaine prochaine si vous voulez, entendit-il.

Elle ne se justifia pas. Pourquoi l'aurait-elle fait ?

Il en voulut à son combiné qu'il reposa d'un geste brusque sur la platine comme un éventuel complice chargé de lui transmettre la mauvaise nouvelle.

Et pourtant il faisait si beau ce dimanche, cela n'était pas arrivé depuis des mois. Même le beau temps le contraria. Quelques mois auparavant il aurait dit :

« Comment, pas libre ? Ne suis-je pas prioritaire ? ».

Même en la connaissant depuis si peu de temps il aurait considéré qu'elle était déjà dans le filet, qu'elle lui appartenait désormais.

Il aurait voulu savoir, aurait demandé sans vergogne des explications, aurait presque exigé qu'elle se justifie. Mais les temps avaient changé. Il n'était plus prioritaire, Il n'avait rien à exiger. Il eût été même abusif de demander. Si on ne lui disait pas spontanément cela signifiait que ce n'étaient pas ses affaires. Karen lui avait bien fait sentir tout cela, l'avait-il déjà oublié ? Non il n'avait pas oublié, il ne pouvait pas oublier ce que Karen avait dit. Elle avait été à la fois sa maîtresse, sa maîtresse d'école, sa raison et sa conscience.

Ève ne lui devait rien.

Que pouvait-elle faire par une si belle journée ? Et si elle n'était pas tout à fait libre ? S'il y avait quelqu'un d'autre ? Si elle hésitait, si elle devait choisir ? Si la balance ne penchait pas du côté d'Antoine ? Si elle avait déjà choisi ? Elle ne lui avait rien promis. Elle ne semblait même pas vraiment accrochée comme il aurait dit autrefois dans les mêmes circonstances. Mais il regretta que ce mot ait traversé sa pensée. C'était un mot banni qu'il s'efforçait de chasser.

Il passa sa journée devant son écran, non pas comme s'il était une fenêtre ouverte sur le monde mais devant des colonnes de chiffres les faisant défiler d'une main distraite en pensant à autre chose.

Pourquoi faisait-il si beau dehors ? Pourquoi ?

Peut-on souhaiter qu'il fasse mauvais sans admettre qu'on est jaloux d'un inconnu qui n'existe peut-être pas ?

Un peu de jalousie qui vous contrarie, n'est-ce pas le début d'un amour naissant ?

La jalousie n'avait jamais effleuré Antoine. Jusque là il n'avait pas eu besoin d'être jaloux. Les autres femmes, il les avait eues si facilement, c'est un sentiment qui lui manquait sans qu'il le sache vraiment.

Ce qu'Antoine ignorait c'est que Casual était maître du temps. Qu'il était le seul à commander aux nuages, à les faire courir vers l'est ou vers l'ouest au gré de sa fantaisie et que jusqu'ici tous les hommes qui avaient essayé de comprendre sa logique s'y étaient cassé le nez. Il riait tout seul de leurs calculs qui étaient faux une fois sur deux. Les plus grands mathématiciens avaient joué dans l'abstrait, en vain. Les plus grand physiciens avaient cherché des éléments palpables sur lesquels s'appuyer, sans résultats. Certains en étaient arrivés à l'impossibilité totale et définitive de comprendre les états d'âme de l'atmosphère.

Seul Casual pouvait, pour combien de temps encore ? se jouer d'elle, de son corps, comme de celui d'une poupée, la modeler à sa fantaisie sans avoir à rendre compte à quiconque. Favoriser son humeur changeante, accepter avec plaisir ses caprices soudains, rire ou pleurer avec elle de leurs conséquences sur la vie des gens.

S'il ne vendait pas du vent, il lui montrait tout de même le chemin à suivre et contrôlait sa force.

Il fallait bien l'admettre : dans ce domaine, le hasard était plus fort que la science.

*

Casual avait décidé, ce jour-là de faire enrager Antoine pour le punir de sa suffisance et de son ingratitude. Il avait pris un peu de repos ces derniers temps et Antoine en avait profité pour se laisser aller, comme s'il ne dépendait plus de lui, comme s'il n'existait plus : voilà l'ingratitude ! Aidez-les et ils vous tournent le dos. Décidément, s'ils étaient tous comme lui...

Il chassa les nuages au-dessus de la région dès le samedi soir et avertit les prévisionnistes que cela durerait encore au moins deux jours.

Tout fut conforme à leurs prévisions dont ils s'attribuaient le mérite.

Casual jubilait en voyant Antoine enfermé chez lui, démoralisé par le bleu du ciel qui inondait la moitié de son bureau. Car il savait, lui, que la Lyonnaise ne serait pas libre ce dimanche-là, il le savait mieux que personne, puisqu'il avait tout manigancé d'avance.

Ève passait, en effet, la journée avec son amie de quinze ans, « mon amie de toujours », disait-elle.

Ah ! l'amie d'Ève, quelle femme charmante. Casual se souvenait de cette nuit où il les avait fait se rencontrer tout en donnant une petite leçon de modestie à quelqu'un qui en avait sérieusement besoin.

Pourquoi Casual avait-il un faible pour l'amie d'Ève ? Le hasard aurait-il, parfois lui-aussi, des sentiments ?

Elles se connaissaient depuis cette soirée mémorable où elles avaient été draguées par le même homme qui pensait faire un coup double tellement elles se ressemblaient. Elles le virent venir de loin, très vite, et d'un commun accord lui dirent sans ménagements, l'une après l'autre, qu'elles n'aimaient pas les demi-mesures et chacune le renvoyant à l'autre, il finit par renoncer sans vraiment comprendre où était son erreur. Son amie était une très belle femme, elle avait une admiration illimitée pour son mari qu'elle avait épousé depuis déjà une bonne dizaine d'années. D'après elle, il avait toutes les qualités. Quand quelque chose n'allait pas, il était là ; lorsque quelque chose cassait, il y remédiait aussitôt. Il était donc parfait, pour autant qu'un homme puisse approcher de la perfection, disait-elle. Elle avait une définition très personnelle de la perfection masculine.

Cela amusait beaucoup Ève.

Considérer son mari comme irremplaçable ne l'empêchait pas parfois de dériver un peu. Alors elles se disaient tout, comparaient, en riaient, et rêvaient. Cependant, après ces petites escapades, elle revenait chaque fois au grand confort conjugal comme si de rien n'était.

Du moment qu'il ne soupçonnait rien, l'événement n'existait pas pour lui. C'est une façon de voir les choses, déculpabilisante et très fréquente. Pouvoir créer un état de fait, et en même temps le rendre transparent, donne un sentiment de puissance qui augmente le plaisir. Et celui-ci devient encore plus intense si on fait partager son secret à une amie intime qui ne vous trahira pas.

Ève ne lui disait jamais si elle approuvait ou non son comportement. C'était, pensait-elle, à chacun de se déterminer et de ne pas transposer chez les autres ce que l'on ferait à leur place.

D'ailleurs, sait-on jamais ce que l'on ferait à leur place ? On n'est jamais dans la tête des autres. Elle restait son amie et peut-être, sans le vouloir ni même sans le savoir, leurs petits secrets d'infidélité renforçaient leur amitié.

En réalité, Ève n'aimait pas beaucoup le mari de son amie. L'appât du gain l'avait conduit une fois ou deux à une attitude pour le moins indigne. Ève en avait été offusquée sans toutefois le laisser paraître. Ce que son amie avait pris pour de l'astuce valorisante, Ève le considérait comme une sorte de de malhonnêteté.

Cet homme-là aurait sans doute mal pris la moindre désapprobation venant d'Ève et il aurait alors miné l'amitié qui unissait les deux femmes.

Il fallait le rendre plus modeste, même s'il ne s'en doutait pas. C'est sans doute pour cela qu'elle considérait les infidélités de son amie avec un certain amusement dépourvu de reproches. « Il n'a que ce qu'il mérite, pensait-elle parfois, d'ailleurs elle n'en abuse pas».

*

Ève habitait un petit appartement à la Croix Rousse. C'était une partie d'un ancien atelier où, autrefois, on travaillait la soie. Ce n'était pas très lumineux, le moins que l'on puisse dire, car les fenêtres, toutes du même côté, bien qu'assez grandes, donnaient sur une rue étroite que le soleil ne baignait jamais jusqu'aux trottoirs. Un escalier très large à petites marches de pierre, un peu inclinées, semblait raccourcir la hauteur des étages qui dépassaient largement les trois mètres.

Combien de portefaix avaient gravi cet escalier, courbés sous le poids des ballots, au cours des siècles ?

Une grande pièce, l'atelier, une plus petite, sa chambre et une cuisine minuscule. Dans la grande pièce, reliée au palier par un couloir sans fenêtre, elle recevait parfois un collectionneur ou un antiquaire venu lui apporter du travail. Sur le mur opposé aux deux fenêtres, des rayonnages contenaient tous ses livres. Tout ce qui avait été écrit sur les faïences et les porcelaines était là, bien rangé, facile à retrouver : des livres d'art, certains déjà anciens, d'autres plus récents montraient à quel point les techniques photographiques avaient progressé en quelques décennies ; puis les livres techniques sur les différents types de cuisson, les pigments colorés, les terres utilisées par les différentes fabriques, sans oublier les livres de signatures. Et aussi les carnets personnels contenant les adresses où se procurer les produits chimiques modernes utilisés en restauration. Enfin les revues, et la gazette de l'Hôtel Drouot, indispensables pour se tenir au courant des prix de ces objets dans les ventes publiques et chez les antiquaires.

Sur la grande table au milieu de la pièce, s'étalaient les objets de son travail quotidien: des flacons de solvants, des boîtes de pâtes colorées en tous genres, des ustensiles pointus, coupants, des spatules et des godets de différentes grosseurs, des petites meules minuscules et surtout, ce qui attirait de suite le regard, des assiettes de collection en deux ou trois morceaux, quelques tasses dont l'anse toute blanche attendait le motif d'origine et la couverte transparente qui rendrait la restauration invisible.

C'était la pièce publique pour ainsi dire, cependant ouverte aux seuls initiés qui se sentaient toujours un peu chez eux dans ce genre d'ateliers.

Dans sa chambre, en revanche, aucune trace de son métier. Ici, l'intimité prônait. On était chez une jeune femme moderne qui prenait grand soin de séparer la vie professionnelle et la vie intime. C'était le même appartement mais deux mondes opposés. Le premier était le domaine de la blouse blanche de travail, le second celui des robes qui lui allaient si bien, celles que l'on regardait en laissant divaguer la pensée, bref, le domaine de la la séduction.

Que contenait cette armoire ancienne en noyer de pays qui occupait la moitié d'un mur ? On savait qu'elle était là. On aurait bien aimé tourner la clé. Elle était pleine de secrets qu'Ève gardait là pour mettre en valeur son charme au moment voulu. L'armoire était pleine de charme, il ne pouvait pas en être autrement, mais pour pouvoir l'ouvrir il fallait d'abord séduire Ève ; ce n'était pas facile car elle ne se contentait pas de quelques phrases mille fois entendues pour ouvrir la porte de son appartement au premier dragueur venu.

Faire un métier à la fois artistique et manuel, pouvoir l'exercer chez soi, tout en étant plongé dans une musique douce qui incite au rêve, est un enchantement. Elle ne se sentait jamais seule lorsqu'elle travaillait. Seulement le soir, une fois l'heure passée, elle éprouvait le besoin de sortir, de voir du monde, d'aller au spectacle, d'aller au théâtre. Et pour ne pas hésiter à sortir certains soirs de mauvais temps, elle s'était abonnée à plusieurs endroits.

Il lui arrivait de ne pas rentrer, mais jamais en semaine. Elle n'aimait pas la précipitation et les retours rapides que le petit matin charge souvent de regrets.

*

Ève avait hérité de ses parents une petite maison dans un village qui pendant des décennies avait périclité jusqu'au moment où les citadins, las de la vie trépidante et des rues encombrées, avaient ratissé les environs des grandes villes et acheté, faute de mieux, tout ce qui tombait en ruines. Comme on n'hésitait plus à faire trois kilomètres pour acheter un pain et dix kilomètres pour acheter le reste, le village avait repris un semblant de vie normale.

C'est dans cette maison qu' Ève avait installé son four à bois lorsque, adolescente, elle faisait déjà de la poterie. La maison tout entière était d'ailleurs chauffée par une cuisinière au bois. Grandes bûches qu'elle achetait aux voisins, possédant encore quelques parcelles de châtaigniers, les dernières qui n'avaient pas encore laissé leur place à des lotissements.

L'ancienne laiterie, la pièce où son père pendant plus de cinquante ans avait fait son beurre et ses fromages avait été transformée en laboratoire de chimie. C'est là, que, toutes fenêtres ouvertes, Ève faisait dissoudre dans l'acétone les collages mal joints des pièces à restaurer. Les quelques vapeurs toxiques partaient dans les champs sans gêner personne. Il y en avait si peu. Qui aurait pu se plaindre ?

Elle ne faisait plus de poterie. Le grand four à bois ne servait plus pour cuire au grand feu les objets récemment tournés. Elle avait installé un petit four électrique dont elle pouvait régler la température avec précision pour recuire l'émail qui recouvrait les pièces restaurées.

Ève était une manuelle, mais, tout comme un chirurgien, avant de commencer, elle devait prévoir les problèmes qui se poseraient pendant l'opération et décider si le résultat final serait préférable à l'état actuel du sujet.

Elle avait parfois refusé d'assurer une restauration qui eût été trop onéreuse, lorsque l'objet n'était pas suffisamment précieux. Déçu sur le coup, le client reconnaissait finalement le bien fondé de sa décision.

Jusqu'à ce jour, elle avait toujours eu un bon diagnostic. On le reconnaissait.

*

Ève et Antoine n'étaient pas encore allés l'un chez l'autre. Il l'avait attendue à la sortie du métro, quelques minutes seulement, elles lui parurent infiniment longues. Ils échangèrent un baiser furtif, presque volé, car c'était le premier, un baiser réversible en quelque sorte qui n'était pas encore un engagement, il pouvait être vite oublié le cas échéant, mais aussi porteur d'espoir, porteur de l'envie de s'aimer.

Passée la trentaine il prend un sens tout particulier puisque ce n'est pas le tout premier mais le premier renouvelé qui dans sa nouveauté tient compte des précédents et de la façon dont ils se sont terminés. C'est à partir de là que la vie s'accélère et qu'il faut prendre rapidement une décision.

*

Ils roulaient maintenant depuis une heure dans les monts du Lyonnais lorsque l'orage éclata. Depuis un moment déjà, contrastant avec le ciel bleu du matin, une bande de nuages noirs s'était accrochée aux crêtes les plus hautes, coupait l'horizon en deux parties inégales mais ne semblait pas vraiment menaçante.

En quelques minutes tout changea.

Poussés par un vent qu'on ne ressentait pas encore au sol, les nuages rendirent le ciel tout noir et la pluie se déversa d'un coup. La voiture arrivait sur la place à quelques mètres du restaurant. Mais il fallait sortir. Antoine proposa d'attendre un peu, cela ne durerait pas, d'après lui . Mais cela durait et déjà la buée se déposait sur les vitres. Lorsque tout devint translucide il fallut prendre une décision. Ils sortiraient au même instant, chacun de son côté et se précipiteraient sous le porche du restaurant.

Il leur avait suffi de faire quelques pas dehors pour arriver trempés.

Assis devant Ève à l'une des petites tables rondes de la salle vitrée, Antoine la regarda se sécher les cheveux tant bien que mal avec la manche de sa veste. Il avait devant lui une femme dans une attitude inhabituelle pour un déjeuner d'amoureux. Sans prendre garde à lui, elle passait ses mains sur son visage pour enlever les gouttes de pluie qui ruisselaient le long de ses joues. Puis, levant la tête, elle croisa le regard insistant d'Antoine et cela la fit rire, d'un rire complice qui signifiait : « De quoi ai-je l'air ? », rire partagé qui noua le premier véritable lien entre eux, comme s'ils venaient d'affronter ensemble la première petite péripétie de la vie. Il avait suffi de se mouiller tous les deux au milieu d'une petite place de village pour que leurs deux chemins fusionnent, collés par l'eau de pluie, tout comme l'aurait fait l'avenir des couples qui prennent leur première douche ensemble après une longue soirée dansante propice à faire basculer les destins.

Ce jour-là, Antoine comprit enfin que l'amour ne se provoque pas, on le subit et on l'accepte, il s'impose et on l'accepte sans même s'en rendre compte. Et, quand aucun artifice ne vient en changer le naturel, il se fortifie et s'impose.

Il ne savait pas encore pourquoi il aimait Ève, il ne cherchait même pas à comprendre, à y trouver une raison qui aurait matérialisé ce qu'il éprouvait et qu'il ne contrôlait pas. Il se laissait porter par le bien-être éprouvé auprès d'elle et qui n'avait pas besoin de justification.

Cela le surprenait d'autant plus que le bien-être qu'il ressentait était l'opposé du confort qu'il avait tant apprécié quelques mois auparavant, confort voyant dont il avait été le point central.

Maintenant c'était un état subi qui l'environnait, qui le charmait, et dont il n'avait aucun contrôle.

*

Cet orage était le signe du mécontentement de Casual. Un caprice pour ainsi dire. Une méchanceté destinée à satisfaire son amour-propre.

Mais Antoine et Ève ne formaient pas le seul couple sous sa juridiction, il y en avait d'autres auxquels il avait promis une belle journée. Il fallait donc que l'avertissement soit bref, bien localisé et énergique pour être bien compris.

Il aurait aimé que l'un des deux se dise : « ça commence mal, c'est un signe... »

Cela avait toujours été son dilemme d'avoir sur les bras, en même temps, plusieurs problèmes contradictoires. Il s'en déchargeait alors sur ses collaborateurs qui faisaient de leur mieux, chacun de leur côté, sans véritable coordination. Mais là, il en avait fait une affaire personnelle qu'il voulait gérer seul. Il se méfiait de l'amour qui revendique la priorité sur tout le reste et qui parfois lui tenait tête. Il n'aimait vraiment que ce qui est volatil. Tout ce qui risquait de devenir durable le hérissait. Et cette Lyonnaise commençait à lui donner de l'urticaire.

Paradoxalement l'initiative ne porta pas ses fruits. Antoine n'imagina pas une seule seconde que les orages pouvaient être téléguidés. Il en avait tellement vu déclenchés sans raison apparente. Cela ne fit que lier le couple davantage en précipitant les choses, car, en ce moment, Antoine voyait en Ève le contraire de toutes les femmes apprêtées, maquillées, ayant demandé et obtenu l'aval d'un miroir, qu'il avait pu connaître et dont il s'était vite lassé.

Dès qu'il comprit sa bévue, Casual devint furieux et décida que dorénavant il n'aurait de cesse que lorsqu'il aurait imposé totalement sa volonté à celui qu'il considérait comme son obligé, celui qui lui devait tant, et qui devenait de plus en plus incontrôlable.

La jalousie s'empara de lui. Il se comportait maintenant comme un père abusif qui déteste par principe la femme choisie par son fils. Il la prend pour une voleuse qui voudrait lui enlever son grand garçon. Mais l'amour naissant est protégé contre ce genre d'attaques. Il triomphe toujours, souvent au prix d'une blessure dans le cœur du fils qui n'a pas su persuader son père.

Ève, « la Lyonnaise », comme l'appelait Casual, devint son ennemie personnelle. Il fallait l'éloigner d'Antoine au plus vite avant qu'elle ne cause l'irréparable.

Mais le hasard, tout comme la justice, prétendait être objectif et ne jamais s'en prendre à ceux qui n'avaient pas de compte à régler avec elle. C'est ainsi que dans un premier temps la cible choisie serait Antoine et épargnerait « la Lyonnaise ».

9

Casual était un personnage qui aimait accumuler sur celui à qui il cherchait à nuire, les coups bas de manière progressive. Par goût, il évitait autant que possible les actions trop rapides, il préférait voir venir et se délecter de l'écoulement lent du processus qu'il avait initié. Il pensait ainsi agir sur le moral de sa victime lui faisant subir chaque fois le contre-coup de l'obstacle trouvé sur sa route. Cela le conduirait fatalement sur la pente glissante de l'auto-destruction. C'était sa méthode. Casual l'appliquait aussi souvent que possible et se sentait alors dispensé de toute forme de remords une fois le forfait terminé puisque, après avoir passé le relais, la conclusion ne pouvait plus lui en être imputée, la victime seule en portait l'entière responsabilité.

Combien en avait-il vu ainsi mettre fin par découragement à ce qui avait été leur idéal pendant de longues années simplement parce qu'ils avaient malencontreusement croisé la route de la personne à éviter ou au contraire parce qu'ils n'avaient pas rencontré celle qui les aurait aidés à garder le moral et à persévérer.

Il est vrai que du seul point de vue tactique, amener la cible à finir elle-même le travail, c'est le summum de la perversité. Quel plaisir, quelle satisfaction, quelle jouissance extrême ! C'est comme si l'autre avouait sa culpabilité, reconnaissait qu'il mérite ce qui lui arrive et se punissait lui-même. Pousser quelqu'un à l'auto-punition c'est le crime parfait.

Cela ne marchait pas toujours. Il avait eu plusieurs échecs, des fortes têtes, des êtres à sensibilité réduite, écrasant sous leurs semelles, à chaque pas, tout ce qui ne pliait pas. Ceux-là ne risquaient pas de tomber dans l'auto-destruction et Casual n'avait pas insisté. Il aurait bien l'occasion de les retrouver. Pour les autres, fragilisés de vivre dans un environnement hostile, cela marchait à tous les coups. Seule la vitesse de dégradation variait de l'un à l'autre : il suffisait d'être patient et Casual avait tout son temps.

Le premier degré du processus mis en jeu, physiquement encore très supportable mais mentalement déjà éprouvant pour Antoine, fut pour Casual d'avertir l'une de ses anciennes conquêtes qu'un appartement se libérait dans l'immeuble où il habitait.

C'était la grande, celle qui portait des talons hauts.

Elle ne reconnut pas de suite l'immeuble, n'étant venue qu'une fois à la nuit tombée et repartie le lendemain matin dans un état de fureur qui l'empêchait d'observer quoi que ce soit et de retenir le moindre détail caractéristique du lieu.

Antoine trouva l'ascenseur bloqué par les déménageurs et monta à pied sans apercevoir ses nouveaux voisins.

C'est le lendemain que le premier contact eut lieu.

L'ascenseur descendait, le témoin rouge le confirmait. On entendit le mécanisme ralentir et s'arrêter. Antoine ouvrit la porte, salua machinalement le couple qui était à l'intérieur et entra. Aucun des deux ne répondit à son salut. Il y a des gens comme ça, cela ne l'étonna pas. La cabine était petite, on ne pouvait pas éviter de se frôler.

Dans ce cas généralement on regarde ses pieds et les pieds des autres ; c'est alors qu'il vit les chaussures à talons hauts.

Antoine leva les yeux vers elle. Il n'y avait pas de doute.

Alors, les paupières très encombrées de la femme, qu'involontairement son coude touchait, se plissèrent tandis qu'une boule grosse comme un noyau d'abricot semblait descendre à l'intérieur de son cou. Enfin elle toussa. Son compagnon s'inquiéta :

— Ça ne va pas ma chérie ? entendit Antoine.

Il n'y eut pas de réponse audible, seulement un hochement de tête.

L'ascenseur se libéra sans qu'aucun autre mot ne fût échangé.

Antoine comprit tout de suite que Casual y était pour quelque chose et qu'il devait s'attendre à des moments très désagréables.

Elle habitait donc l'immeuble. La coïncidence qui aurait pu sembler fortuite ne l'était pas pour lui.

Que se passerait-il le jour où il serait avec Ève ?

Une bonne semaine s'écoula sans que le hasard s'acharne sur lui, jusqu'au jour où il trouva dans sa boîte aux lettres une petite enveloppe blanche, format carte de visite, qui ne portait qu'un seul mot : Antoine.

Il l'ouvrit sur place, ce qu'il ne faisait jamais.

« Tu ne m'as pas reconnue ? Si ! Tu m'as reconnue ! J'en suis certaine. Puisqu'on habite le même immeuble on sera amené à se revoir. »

En guise de signature, une simple lettre suivie d'un point : « J. »

Comme il avait oublié son prénom, peut-être même ne l'avait-il jamais su, cette initiale ne lui dit rien, mais il reçut la missive comme une déclaration de guerre.

Antoine regarda les noms récemment changés sur la rangée des boîtes aux lettres. L'une des boîtes comportait bien en effet deux noms écrits provisoirement à la main sur une étiquette blanche. Elle habitait donc avec un homme à l'étage au-dessus.

Cela apaisa quelque peu Antoine sans le rassurer tout-à-fait : « Si elle fait un scandale, elle risque d'en subir les retombées. Qui sait si son type n'est pas d'une jalousie maladive ? »

Chaque fois qu'il appelait l'ascenseur, une certaine appréhension l'envahissait et il ne se détendait que lorsqu'il apercevait la cabine vide.

Ce jour-là, absorbé par le travail qui l'attendait, il poussa le bouton d'appel, machinalement sans même y prêter attention en finissant de fermer son manteau. Il pensait à tout autre chose.

Lorsque la cabine s'ouvrit, le couple était là, qui descendait aussi.

« C'est maintenant l'épreuve de vérité » se dit Antoine.

Il entra. Aucun mot ne fut échangé. Elle regarda le plafond pour s'occuper pendant les quelques secondes qui la séparaient du rez-de-chaussée. Son compagnon ne constata rien de particulier, il était à des années-lumière de penser qu'un drame se préparait dans cet ascenseur.

Antoine se sentit plutôt rassuré. Elle ne ferait pas de scandale devant l'homme avec qui elle vivait. Elle n'en avait pas fait cette fois alors qu'il était seul, elle n'en ferait sans doute pas non plus en présence d'Ève car il y avait théoriquement une quatrième place dans l'ascenseur.

Tout compte fait, il éprouva une miette de sympathie pour cet homme mal élevé qui par son mutisme et son air buté empêchait toute dérive verbale à l'intérieur des ascenseurs.

Antoine ne contacta pas Casual pour se plaindre car il savait parfaitement que la condition exigée par ce dernier pour mettre fin au harcèlement ne serait pas acceptée. Il pensa pouvoir sortir tout seul de cette ornière. Si cela s'avérait vraiment nécessaire il mettrait éventuellement Ève au courant d'un épisode peu glorieux de son passé de célibataire. Un épisode qui ne comptait pas d'après lui, mais qui décide dans un couple si c'est bien le cas ?

Ève comprendrait. Les femmes comprennent ces choses-là souvent très bien. Ils n'étaient plus des adolescents.

Cependant, Antoine savait pertinemment que Casual ne s'arrêtait jamais à des broutilles et que quelque chose de bien plus désagréable qu'une simple lettre allait se produire.

Cela ne tarda pas. Une demi-journée suffit.

Lorsque l'ascenseur ralentit au niveau du palier, Antoine vit nettement à travers la vitre dépolie qu'il ne descendait pas à vide. Une ombre, une grande silhouette, bougeait derrière la porte.

Cette fois elle était seule.

— Antoine ! Ce cher Antoine ! Comme on se retrouve ! Tu habites toujours ici ? A l'étage au-dessous je crois. Je t'entends marcher parfois. Tu vis seul ? Non, tu ne vis pas seul, pas toujours, parfois j'entends deux sortes de pas, des pas de femme, des talons de femme.

On arrivait au rez-de-chaussée. Il n'avait pas pu placer un mot. D'ailleurs elle ne cherchait pas un dialogue. Dès que la porte s'ouvrit, elle se tourna vers lui avec un sourire à faire froid dans le dos et ajouta : « A bientôt »

Ce fut tout pour cette fois.

Le danger, c'est quand elle sera seule avec nous deux, c'est alors qu'elle fera du scandale sans s'éclabousser, pensa Antoine. Le seul moyen pour la neutraliser serait de se trouver tous les quatre un jour dans l'ascenseur. Elle ne dirait rien, en face de son mec, comme si elle ne me connaissait pas et, la fois suivante en présence d'Ève, elle ne pourrait pas simuler des retrouvailles et faire un esclandre. Elle serait prise à son propre piège et se calmerait définitivement.

Mais tout ce raisonnement était bien bancal et reposait sur un minimum de logique qu'elle n'avait peut-être pas. De plus, et Antoine fut bien obligé de l'admettre, Casual tirait les ficelles et la rencontre avec Ève était sa carte maîtresse. Tout le reste n'était qu'épisodes préliminaires pour se mettre en conditions de bien réussir la fête. Il ne ferait pas d'erreurs. C'était un professionnel des rencontres qui paraissent fortuites mais ne le sont pas.

Il se posa la question : Fallait-il avertir Ève d'un événement qui n'aurait peut-être pas lieu ? Son imagination ne débordait-elle pas de la réalité ? Ne risquait-il pas de provoquer lui-même des dégâts par anticipation ?

Anticiper les conséquences d'un événement dont on n'est pas certain est toujours dangereux. On risque de se tromper en manquant de prudence. Il connaissait des cas.

Il préféra ne rien dire et faire comme si rien ne s'était passé. Mais il savait que le choc aurait lieu. Ce n'était qu'une question de jours.

*

Ève s'était aperçue que quelque chose le chagrinait mais elle pensa que c'était dans le cadre de son travail et ne lui demanda rien.

Ce fut un dimanche matin. En arrivant au sous-sol Antoine s'aperçut qu'il avait oublié ses clés de voiture.

— Je remonte avec toi, lui dit Ève.

L'ascenseur s'arrêta au rez-de-chaussée. La porte s'ouvrit et elle entra : cette fois elle était seule. Encore plus coloriée que d'habitude puisque c'était un jour férié.

L'orage éclata instantanément, sans répit, sans préparation, sans perte de temps.

— Ah ! Antoine ! Comment vas-tu ? Il y a longtemps qu'on ne se voyait plus. Tu as toujours l'air en forme, comme autrefois. On ne s'embrasse pas ? Si ! On s'embrasse !

Antoine recula un peu au fond de la cabine. Il ne savait pas où regarder mais elle n'insista pas.

— Tu ne me présentes pas ? C'est ta nouvelle conquête ?

Devant le mutisme d'Antoine, elle se tourna vers Ève pétrifiée :

— Moi je suis son « ex », son « ex » conquête, pas son « ex » femme, bien sûr. Avec moi ça n'a pas duré longtemps. J'espère que vous aurez plus de chance que moi. Quoique, avec lui, on ne sait jamais, il est si changeant et il a tellement de succès.

Elle empêchait la porte de se refermer complètement en la retenant légèrement avec le pied. La cabine ne bougeait pas, elle avait tout le temps.

— C'est surprenant de se retrouver ici. C'est un heureux hasard, n'est-ce pas ? Moi je n'habite ici que depuis quelques jours. Il n'est pas bien insonorisé cet immeuble, on entend tous les bruits. C'est peut-être vous que j'entends la nuit. Vous en faites du bruit ! Toujours en forme Antoine, toujours en forme !

Casual était aux anges en visionnant la scène. Sa recrue jouait si bien son rôle, si naturelle, si crédible. Cela dépassait ses espérances, tout allait pour le mieux.

Ils sortirent de l'ascenseur sans dire un mot, abasourdis comme s'ils avaient été pris dans un glissement de terrain provoqué par une vague d'eau boueuse.

Dès qu'il furent dans l'appartement, Antoine prit les clés, regarda le visage d'Ève dans lequel il ne lut aucun reproche et lui dit :

— Ève, j'ai des choses à te dire. Ne restons pas là. J'ai besoin d'air frais.

Ils prirent l'escalier pour redescendre. Il n'y avait pas de vraie tension apparente entre eux mais un silence dont la signification restait indéfinie les enveloppait.

Ils traversèrent la ville sans se parler. L'attention qu'il portait au trafic en conduisant l'empêchait, tant qu'ils ne seraient pas en rase campagne, d'avoir les idées bien claires pour lui dévoiler un tout petit détail de son passé.

Dès que les maisons devinrent éparses et que les prairies constituèrent l'essentiel du paysage, il se sentit le courage de commencer.

— Ève, il faut que je te dise... C'est un peu long et pas facile.

Elle l'interrompit en posant doucement sa main sur son bras.

— Nous en parlerons à table, ce sera mieux.

*

La terrasse du restaurant était au bord de l'eau. La Saône coulait silencieuse, indifférente aux problèmes qui accablaient les gens venus sur ses rives pour y trouver sinon la paix du moins un apaisement à leurs soucis.

Il lui parla de la vie qu'il menait, banale et monotone, avant d'avoir la chance d'entrer dans cette entreprise où il avait fait son trou. Oui, c'était là une chance inattendue, inespérée après tant de lettres de motivation envoyées sans succès. Sans rouler sur l'or, il avait l'argent facile qui favorise les rencontres d'un certain niveau social.

Alors tout devient simple, disait-il.

J'ai connu des gens, pas mal de gens, il voulait dire j'ai connu pas mal de femmes, mais il trouva un terme moins typé, plus générique, plus excusable.

Elle comprit parfaitement le sens caché du mot et lui sut gré d'avoir employé un terme neutre.

Il avait tourné suffisamment autour du pot, il était temps d'évoquer la femme de l'ascenseur, c'était le point crucial, le pivot sur lequel tout pouvait basculer.

— Je pourrais te dire que c'était une soirée bien arrosée, que j'avais pas mal bu, mais ce n'était pas le cas. Cela n'a duré que du soir au matin. J'ai vu clair dès qu'il a fait jour. On fait parfois des choses sans véritable raison qu'après coup rien n'excuse et qui normalement ne devraient laisser aucune trace.

Il y eut un instant d'arrêt comme s'il n'arrivait pas à enchaîner la suite. Le changement de plat vint opportunément à son aide.

Ève en profita pour rompre le silence :

— Je préfère que tu dises cela car les excuses passe-partout, même si elles sont plausibles et acceptées laissent une trace qui ronge, une sorte de veilleuse qui ne s'éteint que très lentement et se rallume parfois longtemps après.

Elle l'avait écouté avec calme sans que son visage montre le moindre signe de réprobation comme si elle écoutait le récit d'un roman.

Il chercha à lire dans les yeux d'Ève, ce qu'elle ressentait en ce moment, si elle pesait ses défauts qu'elle découvrait peu à peu, si elle s'apprêtait à tirer une conclusion. Allait-elle prononcer les mots qui arrêtent tout ?

Mais tout en écoutant, elle égrenait sa propre vie. Loin d'être vierge lorsqu'elle rencontra Antoine, Ève avait eu la chance de n'avoir jamais eu à rougir, après coup, de l'un des hommes qu'elle avait connus.

— Je suis surprise par ce que tu me dis. Je te trouve tellement différent de tout ça.

— J'ai changé brusquement quand j'ai rencontré Karen.

— Karen ?

Que se passait-il ? Quel était ce nouvel aveu ? Que venait-il faire ici ?

Antoine avait dit un mot de trop, il ne pouvait plus revenir en arrière, il devait aller jusqu'au bout.

— Oui, Karen Fleming.

— Karen Fleming ?

— Oui, la collectionneuse d'Art. La propriétaire de l'exposition de Martigny.

Elle crut à une mauvaise plaisanterie, à une diversion, il la prenait pour une idiote prête à tout avaler. Elle s'était crispée. Elle était sur la défensive. Le ton devint dur.

— Qu'est-ce que tu racontes ? Tu me mènes en bateau. Je ne veux pas entendre n'importe quoi.

Antoine, calmement lui raconta la croisière. L'escale à Malte, l'escale à Alexandrie, l'escale à Venise, le Guardi et le fin si étrange de tout cela.

— C'est pour revoir Karen que je suis allé à Martigny.

Il se dégageait de son long récit un élan de sincérité qui troubla profondément Ève. Dans son for intérieur, elle refusait de ne pas croire tout ce qu'elle venait d'entendre et pourtant quelque chose d'étrange, de surréaliste, planait au-dessus du récit d'Antoine comme s'il n'était pas totalement maître de lui-même, comme s'il était poussé par une force inconnue qu'il ne contrôlait pas.

Antoine n'avait pas évoqué Casual au cours de son récit, il n'avait même pas prononcé le mot « hasard » ; il avait seulement parlé de « chance », une fois. Il voulait que tout paraisse normal aux yeux d'Ève. Ce n'était pas le moment, s'il en parlait, elle croirait que quelque chose ne tournait pas rond dans sa tête. La rupture aurait alors pointé son nez à l'horizon. Il fallait s'arrêter là.

Plus tard, s'ils sortaient vainqueurs du choc qu'elle avait subi aujourd'hui, il serait bien obligé de l'informer du contrat qui le liait à Casual car ils ne seraient pas trop de deux pour faire face aux tentatives de destruction de leur couple. Il ne savait pas encore, à cette heure, quelles seraient les conséquences du premier coup de butoir reçu le matin même.

Les jours suivants il ne se passa rien de désagréable dans l'immeuble d'Antoine mais ils vivaient tous les deux sur les nerfs. Ils parlèrent même de déménager, de prendre un appartement plus grand où elle pourrait avoir son atelier. Elle y songeait depuis quelques temps. Mais elle hésitait, c'était un changement de vie, elle perdrait toute indépendance. Elle était certaine qu'il l'aimait vraiment mais quelque chose de difficile à définir clairement l'incitait à la prudence.

Les semaines se suivirent dans cette paix armée jusqu'au jour où Antoine s'aperçut que le nom de son « ex » ne figurait plus sur leur boîte aux lettres. Elle était donc partie, larguée par son compagnon ou installée ailleurs chez le dernier play-boy rencontré dans une soirée.

Antoine en déduisit que Casual avait renoncé à l'utiliser, la considérant trop caricaturale pour être efficace. Ou bien, l'ayant observée de près, en avait-il conclu qu'Ève avait suffisamment de personnalité pour mettre fin énergiquement à la comédie que cette « ex » insignifiante essayait de jouer ?

Mais peut-être que Casual, pour diversifier son personnel, avait recruté le couple et les avait promus. Leur départ se justifiait alors comme un simple moyen d'éviter les interférences entre des agents de qualification différente.

Antoine n'essaya pas de le rencontrer, de lui demander des explications montrant ainsi qu'il considérait cela comme un non-événement.

Casual en fut doublement vexé. D'abord pour avoir échoué puis pour ne pas avoir été sollicité. Il avait préparé toute une tirade cinglante qu'il dut garder pour lui.

Il faut utiliser des moyens plus efficaces, pensa-t-il. Il est inutile de tourner autour du pot, les avertissements ne prennent pas comme s'il se sentait protégé par une force égale à la mienne. C'est à lui directement que je dois n'en prendre. J'ai trop attendu, il devient vexant, si je laisse faire il finira par m'humilier.

10

Antoine fut informé par la direction que le service d'informatique qu'il dirigeait allait être délocalisé en Roumanie. On lui confiait la bonne marche du transfert ce qui signifiait implicitement qu'il devait s'expatrier à Bucarest pendant trois mois pour former les équipes, après quoi on lui attribuerait un nouveau poste ici, peut-être même à l'étage au-dessus. Cette promotion suggérée n'était pas une certitude, une possibilité tout au plus, dans ces milieux-là rien n'est jamais acquis d'avance ni même promis mais il faut savoir lire entre les mots puisque les lignes sont toujours vagues.

En somme il était chargé de démolir tout ce qu'il avait patiemment construit avec soin pour aller le rebâtir ailleurs comme les enfants sur la plage démolissent le château de sable qu'ils viennent de construire et en refont un autre un peu plus loin le lendemain.

Naturellement, lui avait-on dit, votre salaire n'en sera nullement affecté ce qui signifiait en termes clairs qu'il serait augmenté.

Il ne pouvait pas refuser puisqu'on ne lui avait même pas demandé s'il acceptait. Le temps ne se prêtait pas aux hésitations et encore moins aux manières. La seule marche de manœuvre qui lui restait était de savoir s'il annoncerait cela à Ève le soir même ou s'il attendrait le lendemain.

Il préféra attendre et avertir Casual.

« Demain midi, place du Griffon. » lut-il sur son portable. Cette fois Casual n'avait pas répondu de vive voix comme s'il craignait de deviner l'angoisse dans le souffle de son interlocuteur.

*

Même à midi, autour de la place du Griffon, l'ambiance est particulière, si près de l'Opéra et si différente... un autre monde. A cette époque, le petit café dont la terrasse égaie la place, à la bonne saison, était fermé. Il y a, en guise de bancs, deux gros blocs de pierre bien taillés à angle droit qui rendent le lieu encore plus austère. Antoine s'assit sur l'un des blocs et se pencha un peu en avant pour éviter le mal de dos.

Casual arriva et sans mot dire, s'assit sur le bloc d'à côté. Il attendait qu'Antoine parle le premier comme s'il n'était au courant de rien mais son regard qui ne pouvait se poser nulle part montrait qu'il avait participé à la décision. Il en était peut-être même l'instigateur.

— Pourquoi moi ? Nous sommes quatre à diriger des sections identiques. Si une délocalisation était indispensable, vous auriez pu agir pour que cela tombe sur un autre. C'est dans vos cordes ça. C'est bien moins difficile que d'intervenir sur ma première nomination qui pour moi était inespérée.

Casual ne se donna même pas la peine de se justifier.

— Les trois autres auraient dit la même chose. Je n'ai rien contre eux, j'ai laissé le hasard décider tout seul.

— Vous plaisantez j'espère ! Vous ! déléguer une décision à un fantôme alors que vous contrôlez tout ? Vous savez bien que pour vous le hasard n'est qu'un prétexte. C'est le mot derrière lequel vous vous cachez.

Manifestement Casual ne voulait rien savoir et semblait prendre Antoine pour un idiot. Si au moins il avait avoué ce qu'il avait en tête, ce pourquoi il l'avait désigné, lui ?

— Vous ne manquerez de rien à Bucarest. Vous verrez, le séjour sera très agréable. Cela vous fera du bien de changer d'air. J'ai déjà pris contact avec les services locaux, nous travaillons la main dans la main. Ils m'ont répondu « pas de problème », c'est la phrase habituelle entre nous. On ne donne jamais de détails dans nos réponses, il suffit de confirmer qu'on a bien compris.

Antoine n'en fut pas rassuré pour autant car subitement il se souvint que Casual lui avait déjà dit une autre fois que le changement d'air lui ferait du bien. Il se sentit comme un malade ballotté par un médecin dont les médicaments ne le soulagent plus et qui à bout de ressources lui aurait dit, lui-aussi, que l'air d'ailleurs était meilleur que celui de Lyon.

— Je n'ai pas encore dit que j'acceptais. Je ne suis plus seul pour prendre des décisions aussi importantes. Je suis moins disponible depuis quelque temps.

Cette petite phrase crispa le visage de Casual qui changea de couleur.

— Vous n'avez pas le choix. Vous devez être toujours disponible. C'est la première clause du contrat. Vous le savez. Vous avez choisi librement. Vous n'êtes pas marié, que je sache !

Pourquoi croyez-vous qu'on empêche les curés de se marier ? Pour qu'ils soient toujours disponibles pardi ! Une petite passe de temps en temps, qui demeure inaperçue aux yeux bienveillants de la hiérarchie, d'accord, mais le mariage jamais !

Antoine ne se sentait aucune vocation particulière pour le bien de l'humanité et ne comprit pas l'allusion que contenait cette phrase. D'ailleurs il commençait à en avoir assez de ce contrat dont les avenants se multipliaient chaque jour. Cela lui rappelait les constitutions censées définir les bases des États et dont personne ne connaissait vraiment les limites.

La phrase : « Vous n'êtes pas marié que je sache. » rebondit plusieurs fois dans sa tête. Qu'est-ce que cela changerait ? Casual ne recrutait-il que des célibataires ? Considérait-il qu'une fois mariés les gens deviennent indisponibles et qu'il est inutile de les maintenir sous pression ? Les épouses sont-elles des freins à la liberté d'agir ?

Et pourtant lui-même avait une fille, il était peut-être même marié, il savait donc ce qu'était la vie en couple du moins de façon passagère. Que cherchait-il à détruire ?

*

Casual avait effectivement contacté ses homologues des Carpates pour qu'Antoine soit choyé au delà de ses espérances.

— Il n'est pas un consultant comme les autres, avait-il précisé.

A demi-mots voilés, comme toujours dans les organisations secrètes, ils se comprenaient.

Ils allaient placer sur le quotidien d'Antoine des charmes tels qu'un homme normal, et a fortiori célibataire, sans attaches familiales, ne pouvait leur résister.

Il fallait casser sa liaison avec la Lyonnaise, liaison non prévue, non gérée par l'organisation, par conséquent potentiellement nuisible. Tel était le but de Casual.

Ou bien Antoine allait rompre en disant simplement « J'ai trouvé mieux à Bucarest. », c'était la solution de loin préférée par Casual, car cela lui éviterait d'intervenir, ou alors il faudrait pousser un cran de plus et le compromettre. La rupture viendrait alors de la Lyonnaise elle-même. Seul le résultat final comptait.

Dans les deux cas Antoine redeviendrait totalement disponible.

*

Ève conseilla fortement à Antoine d'accepter cette mission à l'étranger. Elle ne montra pas son chagrin. Il est toujours risqué de faire des manières quand on est cadre dans une entreprise, lui dit-elle.

— Trois mois, c'est vite passé. Bucarest n'est pas très loin, il y a des vols low-coast, je viendrai te voir.

Il pensait au contraire que trois mois c'est très long et ce qu'il allait faire là-bas n'était pas glorieux mais il se décida. Tous comptes faits, il n'avait pas le choix.

*

On avait mis à la disposition d'Antoine un petit appartement au centre ville ainsi qu'une collaboratrice bilingue qui l'attendait à l'aéroport.

Il fut reçu au consulat, il remplit quelques formulaires et on lui fit aussi tellement de recommandations qu'il s'en étonna.

Personne ne lui parla de Casual mais pour la première fois, plongé dans un environnement qu'il ne maîtrisait pas, il soupçonna qu'il n'était pas là seulement pour faire de l'informatique mais pour accomplir les besognes que l'organisation de Casual avait préparées pour lui.

A chaque instant il s'attendait à ce qu'on lui remette une arme, qu'on lui désigne une cible et qu'on le rapatrie discrètement si tout s'était bien passé. Il se rappela que les tueurs professionnels ne font que remplir un contrat. Lui aussi avait signé un contrat, un contrat « open ». Il n'en connaissait pas toutes les clauses et il avait déjà été payé. Brusquement il eut peur.

Cela lui rappelait un film vu récemment avec Ève dont la main se crispait sur son bras chaque fois que le héros était sur le point d'être découvert et arrêté.

Les jours passaient et la mission officielle continuait de se dérouler comme si elle était la seule véritable raison de sa présence à Bucarest. Il n'arrivait pas à se résoudre à cette éventualité, cela lui paraissait illogique, « tout ça pour ça ? pensait-il »

Son imagination avait-elle débordé ? Voyait-il des mystères là où il n'y avait rien ?

Il décida d'attendre en se tranquillisant que quelque chose survienne, alors il aviserait. En attendant il restait prudent, il se méfiait : de qui ? il n'en savait rien, de tout le monde. Il fallut pourtant organiser sa vie quotidienne dans toute sa banalité.

Ses talents de cuisinier étant extrêmement rudimentaires, il avait donc décidé de préparer uniquement son petit déjeuner chez lui et de prendre ses repas en ville.

Il demanda des adresses à sa collaboratrice qui se fit un plaisir de l'accompagner à midi la première semaine et même le soir à partir de la deuxième.

Elle lui expliqua que, habitant loin, elle ne pouvait pas rentrer chez elle à midi. Et pour le soir, puisqu'il était là, elle préférait manger avec lui ; cela lui évitait de cafarder dans sa cuisine à l'autre bout de la ville devant une assiette de spaghettis.

Il en déduisit qu'elle était célibataire et qu'elle vivait seule.

Cette situation était en effet alléchante. Voir arriver sur un plateau une jeune femme séduisante qui à priori vivait seule cela ne s'était pas présentée à lui depuis bien longtemps.

Paradoxalement, son instinct d'homme qui autrefois aurait surgi aussitôt, ne se manifesta pas. Il cherchait ses repères qu'il n'avait pas encore totalement trouvés.

Elle était compétente, connaissait parfaitement l'informatique et parlait un français impeccable dont elle prononçait certains mots avec un accent original qui ajoutait à son charme.

Bientôt elle ne le quitta plus.

Le dimanche, en revanche, elle disparaissait ; Antoine trouva cela tout à fait normal sans chercher à en savoir davantage..

Il appela Ève tous les soirs la première semaine, puis ensuite un soir sur deux, sans jamais évoquer ses proches collaborateurs. Réflexe d'homme. A quoi bon ?

Au bout d'un mois, son travail de consultant lui paraissait pratiquement fini. Les gens qu'il formait n'avaient plus le zèle du début et semblaient en avoir appris assez.

« Mon séjour en sera probablement écourté », pensa-t-il.

Il en informa Ève qui jugea inutile de faire le voyage le week-end suivant, comme prévu, pour venir le rejoindre.

Cependant, malgré le ralenti de son activité formatrice, il avait toujours sa collaboratrice près de lui ; comme elle traduisait de moins en moins d'informatique, elle compensait par d'autres sujets plus concrets, plus plaisants, plus personnels. C'est ainsi que bientôt il crut tout savoir d'elle, ses goûts, ses préférences, sa vie de célibataire.

Cela était tellement bien mené, tellement bien venu, tellement séduisant, qu'il eut comme un soupçon, comme si tout n'était pas vrai, comme si une partie avait été apprise et préparée. Cependant sa présence était si agréable, qu'il chassa cette pensée pour ne pas gâcher son plaisir. Jouait-il avec le feu ?

Au restaurant, elle aimait les mêmes plats que lui ; elle avait aimé les mêmes films. Le dernier Coppola était sur les écrans.

— Il n'est pas encore sorti en France ? Vraiment ? On pourrait aller le voir un soir ensemble.

— Je n'y comprendrai rien !

— Je vous traduirai.

— En direct ?

— Non, après.

Antoine n'avait pas dit « oui » mais il n'avait pas refusé. Aucun homme n'est en état de refuser dans un pareil cas.

Était-elle attirée par Antoine ? Voulait-elle qu'il devienne son amant ? Plus ? Peut-être plus ? Elle était pourtant si discrète, si spontanée, si peu allumeuse. Il en fut flatté mais quelque chose le chiffonnait, c'était l'ombre de Casual ; il n'arrivait pas à se sortir de l'esprit qu'il ignorait tout. Il voyait dans chaque phrase, dans chaque attitude, une arrière-pensée qui se profilait. Il en était très gêné et avait même un peu honte.

Elle paraissait tellement sincère, elle avait l'air tellement « vraie ».

En effet, tout cela était tellement normal, tellement logique, tellement humain, c'est ainsi que les couples se forment, c'est ainsi que la vie se partage

Tant qu'ils ne se tutoyaient pas, il avait l'impression de contrôler la situation comme si le vouvoiement était un rempart de sécurité qui le protégeait de faire un faux pas, un pas de trop qui aurait tout changé. Elle devait rester une collègue de travail, le vouvoiement l'empêchait d'être autre chose.

Il se souvenait maintenant des mots de Karen à Alexandrie. Karen, c'était si loin, pourquoi penser à elle maintenant ?

Sa collaboratrice avait bien fait quelques tentatives discrètes mais bien menées, du genre : « tu parles ! » ou bien « penses-tu » mais il avait vu l'intention à temps et n'avait pas suivi. Cela était resté feutré comme s'il n'avait pas prêté attention aux mots entendus et n'avait gardé que le sens général de la phrase ; mais elle avait bien compris. Elle attendrait, rien ne pressait.

Les jours coulaient tranquilles, il se sentait bien, de plus en plus détendu. Leurs conversations prenaient maintenant une allure presque tendre et les propos du travail y tenaient bien moins de place.

Il portait sur elle non plus un regard froid d'informaticien mais un regard d'homme, jusqu'au jour où, passant devant une galerie de peinture, elle lui dit :

— Les tableaux ? Bien sûr que j'aime la peinture. Les Italiens, quelle merveille ! J'ai un faible pour Guardi.

Ce fut la goutte de trop. Aucun doute possible, Casual était derrière tout ça.

C'est donc elle qui lui fournirait l'arme, qui lui montrerait la cible, qui lui indiquerait l'heure la plus propice et une raison valable pour lui ôter tous les scrupules. Il devait être sur ses gardes et ne pas faire de faux pas.

Il l'avait démasquée mais il ne devait pas le laisser paraître, il devait jouer à l'innocent, au naïf, attendre et laisser venir. Comme dans les films, l'espionne est toujours très belle sinon elle ne serait pas crédible.

*

Ève au téléphone remarqua le changement de ton. Quelque chose le tracassait, quelque chose n'allait pas. Mais rien ne filtra et il se confondit en propos rassurants. Non ! il n'avait pas de nouvelles de la fin de sa mission de consultant, cela ne devrait pas tarder. Il l'appellerait aussitôt, avait-il promis. Persuadé qu'il était manipulé, il décida de jouer au plus fin. Il se laisserait séduire tout en restant éveillé. Il trouverait, pensait-il, au dernier moment, un prétexte, une excuse, une raison vraisemblable comme échappatoire pour éviter l'irréversible. Dans moins d'un mois il rentrerait. Puisque sa vie était ailleurs, il pouvait se permettre de tester la force de sa volonté.

Jouer au plus fin, cela ne lui était jamais arrivé. C'est un exercice difficile qui ne s'improvise pas, c'est presque un art. Autrefois, il n'avait pas besoin de tourner autour du pot. Comme il appartenait, croyait-il, bien qu'indirectement, à une organisation très spéciale où personne ne s'affichait tel qu'il était réellement, il pouvait bien essayer lui-aussi de se forger un double. Son opposé en quelque sorte. Il connaissait son opposé, son contraire, il puiserait dans ses attitudes d'autrefois, d'avant, d'avant quoi ? D'avant qu'il rencontre Karen ! Toujours Karen, c'était la pierre angulaire.

*

Le lendemain matin, il fit preuve d'une certaine froideur envers elle. Il ne parla que de travail de façon impersonnelle, un peu sèche pour vérifier qu'il était capable d'indifférence envers une informaticienne comme il y en a tant.

Une fois rassuré sur ses capacités à se contrôler, bien que le test n'eût duré que trois heures, au moment du déjeuner il devint aimable, ajouta un brin de tendresse dans ses propos, la regarda de très près et la trouva plus jolie que les autres jours comme s'il ne l'avait pas bien regardée auparavant.

Une femme lit toujours dans le regard que l'on porte sur son visage, si on la trouve jolie, comme si cela était écrit en lettres lumineuses dans la pupille de l'homme qui lui fait face. C'est à elle à savoir comment elle doit réagir puisque à ce moment-là elle a toutes les cartes en main. C'est comme si elle entendait une voix intérieure qui la pressait : « C'est à vous de jouer. »

Maintenant qu'il savait qui elle était, il porta sur elle le regard que l'on porte sur une belle fleur inconnue, épanouie et odorante, mais qu'il ne faut pas cueillir car si son parfum est enivrant il est aussi toxique.

Elle nota le changement qui contrastait avec l'attitude de la veille sans en chercher la cause.

Elle sourit à Antoine simplement pour montrer qu'elle était contente de déjeuner avec lui. Mais il imagina que ce geste signifiait beaucoup plus et il pensa être sur la bonne voie. Il lui restait encore de si bons souvenirs de l'époque où un de ses regards suffisait.

Interpréter le sourire d'une femme est certainement la chose la plus difficile qu'un homme puisse rencontrer au cours du processus de séduction. Combien ont échoué à ce niveau pour avoir surestimé l'efficacité des mots qui avaient provoqué le sourire ?

Il reprit à son compte les tentatives discrètes de tutoiement. Ils parlaient de leur patron :

— Si tu crois que ça les intéresse qu'on les aime ou pas ? Ils ne voient que le résultat.

Cette fois la tentative fut suivie d'effet.

— Tu as certainement raison mais quand on travaille auprès d'eux, il faut faire comme si...

Ils en étaient au café qui scella le tournant décisif à leurs relations.

A partir de ce moment ils se tutoyaient. Antoine prenait des risques, il n'avait plus la barrière de protection mais, puisqu'il savait à qui il avait affaire, le danger de tomber dans le piège était, croyait-il, minime, pour ne pas dire inexistant.

*

Casual en fut averti. Il pensa qu'ils étaient déjà amants, que le piège s'était refermé et que tout se déroulait selon ses désirs. Le travail d'Antoine prenait fin dans trois semaines, le temps pressait, il fallait agir. L'idée était dans les cartons avant même le début de la mission. C'était le moment de lui faire la proposition alléchante qu'il ne pourrait pas refuser et on l'aurait sous la main pendant au moins un an. Il se félicita de la bonne coordination internationale des gens de son espèce. Très efficaces, les collègues roumains, vraiment. Et la fille, une vraie professionnelle.

Antoine reçut un courrier officiel de son entreprise lui demandant de rester un an à Bucarest pour consolider le service et en prendre la direction.

Les termes ressemblaient plus à une directive qu'à une proposition d'avancement.

Le soir-même il appela Ève.

Quelle serait sa réaction ? Allait-elle pleurer, le supplier de rentrer, menacer de le quitter s'il ne revenait pas ? Risquait-il de la perdre ?

Une fois la mauvaise nouvelle annoncée, sans lui laisser le temps de réagir il ajouta :

— Je vais refuser. Je vais rentrer.

Après quelques secondes d'un silence qui lui parut durer toute une éternité, la réponse tenait en quelques mots :

— Tu dois prendre cette décision tout seul.

Il entendit cette phrase prononcée d'une voix calme qui le mettait devant ses responsabilités. Ces quelques mots non préparés ne faisaient que confirmer la personnalité de sa compagne : toujours digne face au destin. Elle ne lui appartenait pas, il ne lui appartenait pas, aucun des deux n'appartenait à l'autre.

Mais cette phrase ne prédisait pas l'avenir en cas d'acceptation.

Ève entendit de nouveau la voix d'Antoine et elle en éprouva un soulagement infini :

— Je vais refuser. Je vais rentrer. Je t'aime plus que tout.

*

Il rédigea son refus irréversible en des termes choisis et prudents qui mettaient en avant le désir d'épouser sa compagne.

Il n'avait jamais pensé à épouser Ève. Ils n'avaient jamais évoqué la question entre eux comme si cela n'était pas nécessaire, puisque le fait de s'aimer suffisait. Mais on ne dit pas à son patron « Je refuse votre proposition parce que je suis amoureux. » il ne comprendrait pas. Il lui faut quelque chose de palpable, un fait sociétal, un argument vieux comme le monde : le mariage en fait partie, non pas parce qu'il est l'aboutissement le plus fréquent de l'amour, mais parce que un homme marié y regarde à deux fois avant de faire le difficile lorsque son patron le convoque.

Casual prit très mal la chose. On l'avait mal informé. Le fruit n'était pas mûr. Il avait réagi trop tôt. Il avait pourtant bien précisé : « Vous m'avertirez dès que la liaison sera bien établie, lorsque vous serez certains qu'il est bien accroché. »

Mais les subalternes de ces organismes-là veulent toujours faire du zèle, c'est ainsi qu'ils montent en grade. Tout est dans le scoop, la supposition remplace la réalité. Ce fut à celui qui donna l'information le premier. La conviction remplaça la vérification et le léger doute disparut à la traduction. Les nuances ne sont pas les mêmes dans toutes les langues. Ne dit-on pas que traducteur et traître commencent par les mêmes lettres ?

C'est l'éternel problème des traductions. Il est fréquent de faire des contre-sens si l'original contient des zones d'ombre.

Casual reprit tout le dossier. Avait-il été suffisamment clair en envoyant ses ordres à Bucarest ? Oui, il l'avait été, ses notes en témoignaient. Avait-il assez insisté sur le rôle que devait jouer sa collaboratrice ? Aucun doute là-dessus non plus.

Comment Antoine avait-il pu rester de marbre alors qu'on lui avait attribué la plus belle femme du service ?

Tous des incapables, ces gens-là. Même pas fichus de séduire un Français. Une tête de mule, ce Français, d'accord, mais séduire une tête de mule ce n'est pourtant pas sorcier. La chair fraîche des Carpates mérite-t-elle le label que certains lui attribuent ?

Il ferait un saut à Bucarest ; il voulait voir tout cela de près et tenter la solution de la dernière chance. Il ne restait plus que deux semaines.

*

C'était le dimanche à midi. Antoine déjeunait seul comme tous les dimanches. Il n'avait jamais cherché à savoir ce qu'elle faisait ces jours-là, pourquoi elle s'absentait régulièrement. Maintenant il se posait la question. Assistait-elle à une réunion de l'organisation ? Écrivait-elle ses rapports ? Rendait-elle des comptes ? Peut-être même elle quittait la Roumanie et passait le dimanche en France avec Casual. Une heure pour aller, une autre pour revenir ; maintenant tout était possible.

Voilà la vraie réponse : Elle passait ses dimanches en France avec Casual.

Dans son imagination débridée il alla jusqu'à supposer qu'elle était la demi-sœur de Birgit, la guide de Martigny.

Pourquoi n'avait-il jamais demandé ? Parce qu'il n'aurait pas eu la vraie réponse et que l'autre lui aurait déplu. Mais ce n'était pas la vraie raison.

Et pourtant, c'était tellement absurde, si peu vraisemblable d'imaginer une double vie aussi compliquée et chaque lundi matin de la voir réapparaître comme si le dimanche avait été banal.

Il ne savait plus. Il compta les jours qui lui restaient et décida d'oublier Casual et d'être encore plus attentif pour qu'elle garde de lui le souvenir d'un homme qui avait subi son charme mais dont la vie était ailleurs.

A peine toutes ces pensées venaient-elles de traverser son esprit, son téléphone sonna.

Quelques mesures de « la barcarolle » de Tchaïkovski . Une si belle mélodie. Ève avait la même sur son portable.

— C'est Casual. Ce soir à neuf heures, place de l'Union, près de la fontaine.

Ce fut tout.

Antoine devint pâle et ne termina pas son café.

Un frisson le traversa de haut en bas, un frisson glacé. Décidément Casual aimait les places, celles de Lyon et celles de Bucarest.

A peine arrivé sur la place de l'Union , il vit de loin que c'était un mauvais jour. Être convoqué au milieu de grandes fontaines, dont le bruit de l'eau couvrait les conversations, à voix basse, était l'annonce d'un orage dont il ne sortirait pas indemne. Il apercevait déjà Casual derrière un mur d'eau translucide qui l'estompait, le déshumanisait et le faisait ressembler à un fantôme noir.

 Il contourna le jet et lui fit face sans rien dire.

Il n'y eut aucun mot de convenance.

— Quelle idée saugrenue avez-vous eue pour refuser la proposition qui vous a été faite ? Vous marier, avez-vous dit. Est-ce une raison suffisante pour ne pas payer vos dettes ?

— De quelles dettes parlez-vous ?

— Vous savez bien que vous avez des devoirs envers moi. Vous avez accepté par contrat de rester à ma disposition. J'ai payé pour ça. Et maintenant que j'ai besoin de vous, vous essayez de vous défiler en vous mariant. Vous plaisantez, j'espère. Si c'était aussi facile, tout le monde le ferait.

On a besoin de vous ici pendant un an, c'est le prix à payer. Après nous serons quittes et vous ferez ce que vous voudrez. Vous n'êtes pas malheureux, ici, que je sache. Vous n'êtes pas satisfait du travail ? Vous êtes pourtant bien entouré. Votre collaboratrice n'est-elle pas compétente ? N'est-elle pas pleine d'attentions pour vous ? N'est-elle pas jolie à regarder ? Pourtant vous ne semblez pas la repousser beaucoup. Qu'est-ce qui se passe dans votre tête de vouloir abandonner tout ça et parler d'un mariage à mille kilomètres de là ?

A quoi cela vous servira-t-il de vous marier ? Dans un an vous serez divorcé, bon gré, mal gré, et vous aurez tout perdu.

Vous allez refaire une lettre, dire que vous avez de nouveau réfléchi et que vous acceptez avec joie et reconnaissance avant que la première missive n'arrive sur le bureau du chef du personnel.

Il y eut un silence appuyé encore par le fait qu'à cette heure-là, on diminuait brusquement la puissance des jets d'eau. C'était comme un toit qui s'effondrait sur les épaules d'Antoine.

— Je vais tout vous rendre, je vous rembourserai, je ne veux plus traiter avec vous, c'est insupportable. Tous les accords peuvent être défaits d'une manière ou d'une autre, surtout s'ils ne sont pas écrits.

— Me rembourser ? Vous plaisantez, je n'en ai pas la moindre envie. Vous croyez que je suis homme à faire une opération blanche ? J'ai pris des risques avec vous, j'ai investi, du temps, de l'argent et maintenant que l'heure approche d'en tirer les profits, vous voudriez que j'annule tout comme si j'étais un jardinier simplet qui coupe ses salades dès qu'elles sortent de terre ? Vous avez eu la belle vie, grâce à moi n'est-ce pas ? Souvenez-vous de cette merveilleuse croisière...

Les intérêts de mes investissements sont tels que personne n'est en mesure de les payer. Il n'y a qu'une solution pour vous : aller de l'avant et suivre mes instructions qui sont d'ailleurs très peu contraignantes, avouez-le.

Antoine ne put répliquer que par un autre silence. Il regarda Casual bien en face pour lire sur son visage le moindre point faible qui lui aurait permis de l'amadouer mais déjà il faisait nuit et soudain les quelques derniers litres d'eau jaillirent de la fontaine centrale comme un ultime râle suivi d'un gargouillement, avant l'arrêt définitif.

Voilà donc où tout cela l'avait mené.

Casual disparut aussi vite qu'il était venu laissant Antoine abattu, incapable de rassembler ses idées dans un ordre logique.

Il n'avait pas encore quitté la place lorsque résonna la phrase qu'il venait de prononcer très fort à l'adresse du monde entier :

— Jamais je n'accepterai ; je veux retourner auprès d'Ève.

Il dormit très mal. C'était décidé. Il n'avertirait pas Ève de cette tentative pour le faire changer d'avis. Cela ne la concernait pas, c'était son problème à lui. Elle ne pouvait pas l'aider puisqu'elle ne connaissait pas l'essentiel, elle ne connaissait pas Casual.

Il disposait d'un jour ou deux avant que Casual ne revienne à la charge mais ce n'était pas des jours tranquilles, c'étaient des heures et des heures d'angoisse qui l'attendaient.

Comment allait se comporter sa collaboratrice lundi matin en arrivant au travail ? Elle aurait été mise au courant sans aucun doute puisqu'elle était un maillon de l'organisation. S'il avait cédé, elle aurait certainement disparu, mutée ailleurs pour une autre mission du même genre. Il verrait de suite sur son visage le degré de complicité. Alors il s'aperçut qu'on était déjà lundi bien que le jour ne fût pas encore levé. Il sortit de son lit, s'habilla, ouvrit et referma plusieurs fois l'armoire qui contenait toutes ses affaires et tourna en rond comme si la journée devait être particulièrement désagréable.

Quand il arriva, sa collaboratrice était déjà là. Elle le reçut avec le même sourire que d'habitude, contente de le retrouver, et lui demanda le plus naturellement du monde s'il avait passé un bon dimanche.

Il fit un effort considérable pour ne pas exploser. Comment pouvait-elle garder un tel aplomb, garder un tel calme, paraître si naturelle après ce qui s'était passé ?

Il répondit d'un murmure. Elle en déduisit qu'il avait mal dormi et la journée se passa comme les précédentes comme si le dimanche n'avait pas existé.

Elle remarqua bien une attitude bizarre, une sorte de repli sur lui-même comme s'il était sur la défensive, et, puisque il parla très peu, même à midi pendant leur repas, elle pensa qu'il avait reçu de mauvaises nouvelles de France mais n'osa pas l'interroger.

Antoine avait terriblement envie de lui dire brusquement, sans nuances, sans préparation que Casual était venu le voir la veille au soir à Bucarest. Il préparait déjà la question fatidique qu'il poserait d'un ton sévère: « Qu' y a-t-il entre Casual et toi ? »

Mais l'attitude de sa collaboratrice le fit hésiter. Il renonça, déconcerté, ne sachant plus qui écouter, qui croire. Il ne réussit pas à vider le trop-plein d'inquiétude en déversant sur elle tout le malaise qui l'envahissait.

En le voyant si malheureux, elle devint plus tendre avec lui comme si un lien plus intime pouvait l'apaiser et l'aider à redevenir lui-même.

A partir de ce jour, ils s'embrassaient le matin et le soir. Ce n'était pas un baiser d'amoureux mais c'était plus qu'une simple bise.

Une semaine s'était écoulée depuis le fameux dimanche et contrairement à ce qu'Antoine craignait, Casual ne se manifesta pas. Cela le surprit mais n'atténua pas ses inquiétudes. Un autre orage encore pire l'attendait sans doute à son retour. Mais il serait avec Ève. Ils seraient deux à faire face et cette pensée lui donna du courage.

*

Il rentrerait samedi.

Ève lui annonça qu'elle avait trouvé un vol pas cher pour le vendredi. Elle viendrait le rejoindre et ils rentreraient ensemble après avoir vu les endroits où il avait vécu trois mois loin d'elle. C'était l'occasion unique de visiter un peu Bucarest.

L'idée lui en était venue subitement et elle s'étonna d'avoir une place sur ce vol, la dernière lui avait-on dit.

Lorsque Antoine entendit au téléphone qu'elle avait eu la dernière place au dernier moment, il fut pris de terreur : Casual était derrière tout ça. Il n'avait pas attendu qu'il soit rentré pour agir. Quel coup tordu avait-il imaginé ? S'était-il adressé à Ève pour qu'elle vienne le raisonner, le persuader de rester ? Cela paraissait invraisemblable. Avait-elle subi des pressions ? De la part de qui ? D'un homme qu'elle n'avait jamais vu ? Non ! Il y avait autre chose qu'Antoine ne voyait pas. Peut-être voyait-il des complots partout, vraiment trop de complots, conséquence d'une imagination à la dérive.

Après tout, Ève n'était pas la seule à profiter de la dernière place sur un vol. Il en était ainsi chaque fois qu'un avion décollait. C'était un pur hasard que ce soit tombé sur elle.

Oui, mais le pur hasard c'était précisément Casual !

*

Il avait pris la matinée pour aller l'attendre à l'aéroport. L'avion était presque à l'heure. Le temps de passer chez lui, il était déjà midi. Il avait prévu de déjeuner au restaurant qu'il fréquentait les dimanches lorsqu'il déjeunait seul. C'était un joli endroit, elle aimerait sûrement.

Mais la chance n'était pas de leur côté car l'établissement était fermé le vendredi. Il l'ignorait, ne venant que le dimanche.

Ils avaient juste le temps d'aller à l'autre, à deux pas de son bureau.

La salle, comme tous les jours, était presque pleine.

A peine rentrés, sa collaboratrice le vit et alla vers lui pour l'embrasser, sans doute un peu plus tendrement que d'habitude car c'était l'une des dernières fois.

Ève eut un choc.

Qui était cette femme qui se jetait sur Antoine, aveuglement comme s'il eut été son compagnon ?

Une inimitié jalouse s'éveillait dans son cœur.

Il fallut faire les présentations.

Ève hocha à peine la tête pour ne pas être impolie mais son visage devint froid, glacial, hermétique.

L'autre, souriante, s'adressa à Antoine :

— Tu ne m'avais pas dit que ta compagne viendrait à Bucarest, ni même que tu avais une compagne.

Ce fut comme si le temps s'était arrêté. Ils étaient tous les trois immobiles, figés, comme des mécanismes arrêtés brusquement dans leur élan. Lequel dirait la phrase qui remettrait la machine en route ?

Devant le silence embarrassé d'Antoine, elle s'adressa à Ève :

— En tout cas je suis heureuse de vous connaître.

Ève crut qu'on se moquait d'elle et ne répondit pas.

« Hypocrite », pensa-t-elle.

La collaboratrice se sentit de trop à la table. Elle se dépêcha de finir, se leva et les saluant d'un signe de tête elle ajouta :

— Antoine, tu peux prendre l'après-midi ; je finirai le rangement. On se verra demain matin pour clore les dossiers.

Une fois partie, Antoine rompit le silence en disant :

— C'est ma traductrice. Il aurait voulu dire « C'est la traductrice de l'entreprise. » mais la phrase lui échappa.

Ève ne répondit pas mais il comprit qu'il faudrait rattraper sa maladresse.

Ils ne restèrent au restaurant que le temps nécessaire. Elle qui s'était fait une joie de flâner aux endroits où il avait vécu pendant trois mois, n'en avait plus envie. Elle voulut voir les grandes places, les grandes avenues, tout ce qui était public, là où il n'était jamais allé avec « sa » Roumaine, car dans sa tête, le mot s'était gravé et il faudrait qu'Antoine use beaucoup d'énergie pour l'effacer.

Antoine parla beaucoup pour remonter la pente. Elle ne fit aucune remarque et parut apaisée, détendue, comme si l'incident n'avait pas eu lieu.

Je n'aurais pas dû venir, pensait-elle, je n'aurais pas dû venir.

Le lendemain à neuf heures il était au bureau. Il y eut non pas une cérémonie mais une petite réunion où on le remercia pour ce qu'il avait fait et on lui souhaita bon retour.

Sa collaboratrice réussit à l'entraîner un peu à l'écart :

— J'ai été heureuse de travailler avec toi. Il y a si longtemps que je n'avais pas parlé français, cela m'a fait plaisir. Je t'ai apprécié. Je me sentirai un peu seule, pendant quelque temps.

Elle l'embrassa, formellement, devant tout le monde, et avant de s'éloigner elle ajouta à voix basse :

— J'espère que ta compagne ne gardera pas un mauvais souvenir de Bucarest.

Elle avait compris, elle regrettait.

Il n'eut pas le temps de dire un mot, elle était déjà loin.

Il serra encore quelques mains, quitta son bureau avec un petit serrement de cœur et alla rejoindre Ève.

Une fois dehors, le doute ne le quitta pas pour autant. Il n'arrivait pas à cerner la personnalité de sa collaboratrice. Elle était tellement différente d'une intrigante. Elle n'avait jamais fait d'effort pour le séduire mais seulement pour lui plaire, pour qu'il se sente bien avec elle. Si elle avait vraiment reçu des ordres de Casual, son comportement eut été très différent, plus séducteur, plus insistant , plus provocateur. Mais rien de tout cela. Qui était-elle donc ? Et pourtant il savait que Casual tirait les ficelles depuis le début. Cela le déstabilisait, le rendait nerveux, l'empêchait de vivre normalement. Il regrettait maintenant de ne pas avoir été un peu agressif avec elle, de lui avoir demandé clairement de s'expliquer, de dire quel était vraiment son rôle dans l'organisation à laquelle ils appartenaient tous les deux. Lui, sans le vouloir vraiment, par faiblesse, mais elle ? Pourquoi ?

S'il n'avait pas rencontré Casual au pied de la grande fontaine il aurait cru à un rêve, à un excès d'imagination, à une histoire à dormir debout, mais le fait était là, véridique, sans discussion possible.

Il ne la reverrait plus, il n'avait même pas son adresse, il devait l'oublier et surtout ne jamais montrer à Ève qu'il se posait des questions sur elle.

Ève devait se persuader que cette jolie Roumaine était une employée d'un groupe informatique tout comme lui. Et pour arriver à ce résultat il devait faire preuve de beaucoup de tact.

*

Ils déjeunèrent dans le restaurant des dimanches.

— C'est ici que je venais tous les dimanches, dit-il.

— Pourquoi ici et pas à l'autre ?

— Pour changer.

Et il ajouta, pour se justifier :

— Ici on est loin du travail.

Ève ne demanda pas s'il venait seul, elle n'osa pas, mais elle crut comprendre que c'était le cas.

Ils flânèrent longtemps dans les rues de Bucarest jusqu'à l'heure du départ.

Quand ils furent devant le comptoir de la compagnie, les cartes d'embarquement à la main, Ève le regarda bien dans les yeux et demanda :

— Dis-moi pourquoi tu n'es pas resté ?

Il n'y eut même pas la seconde d'hésitation qu'elle craignait.

— Parce que je t'aime.

Ils franchirent en se tenant par la main les quelques mètres qui leur restaient en territoire roumain.

Ce qu'Antoine ne sut jamais, c'est que la belle Roumaine avait un compagnon qu'elle aimait plus que tout. Elle prenait le train tous les samedis soir pour aller le rejoindre à Buzau où il avait trouvé du travail en attendant de pouvoir vivre avec elle. Personne n'était au courant, c'était son jardin secret, sa vie intime qui ne devait pas interférer avec l'informatique.

Elle avait bien reçu des directives de son chef du personnel afin qu'Antoine fût comblé. Comme elle n'était pas cataloguée simplette et volage, on ne lui avait pas précisé le but à atteindre, pensant qu'elle comprendrait toute seule. Plus de précision aurait pu la choquer. Elle comprit en effet quel était leur but mais ils n'avaient pas choisi la bonne personne. Elle les avait vus venir et avait compris le sens des silences dont les phrases reçues étaient truffées mais elle n'accepta pas de n'être qu'un objet manipulé et usa de toute sa finesse pour les tromper. Elle s'en tint aux mots et oublia les silences. Elle fit ce qu'on lui demandait et non ce que l'on attendait. Antoine fut effectivement comblé dans son travail mais la limite ne fut pas dépassée. Aucun des deux ne força le passage tout en laissant croire que c'était fait. Elle n'avait signé aucun pacte avec l'organisation et n'en connaissait même pas l'existence. Elle ne savait pas que le hasard s'intéressait parfois de près à la vie des gens, pour les favoriser ou pour les détruire.

Si Antoine, dans un réflexe d'homme, ne lui avait pas caché l'existence d'Ève, s'il lui avait parlé de sa vie autant que de son travail, elle lui aurait dévoilé l'existence de ce compagnon caché et tout serait devenu clair. Mais il n'avait fait que lui poser des questions sur elle sans jamais se confier pour mieux la connaître voire pour mieux la cerner. Elle avait senti le déséquilibre et en avait conclu que la confiance n'était pas partagée.

.

11

Casual fut doublement furieux. Ces deux couples qui s'aimaient s'étaient associés sans être de connivence pour contrer ses projets. Il ne le supportait pas. Sa dernière initiative d'envoyer Ève à Bucarest n'avait rien donné. C'était plus qu'une coïncidence, c'était comme si une puissance au moins égale à la sienne s'était mise en travers de sa route. Qu'est-ce que cela signifiait ? que son pouvoir n'était pas absolu, qu'il y avait des failles ? Il allait se venger. Il punirait Antoine qui dépendait directement de lui. Pour la Roumaine, il se plaindrait il ne pouvait qu'émettre des souhaits car elle n'était pas dans son secteur.

*

Le lendemain de son retour à Lyon, Antoine reçut sa lettre de licenciement. Le poste qu'il occupait avait été totalement transféré en Roumanie et comme il avait refusé de continuer son travail là-bas, il n'y avait plus de place pour lui ici.

Il n'aurait droit à aucune indemnité, c'était un départ volontaire..

Il se sentit anéanti. Il se retrouva plusieurs années en arrière quand il cherchait du travail et qu'il se rendait compte à quel point c'était difficile. Il ne s'attendait pas à un coup aussi terrible de la part de Casual.

Il tendit la lettre à Ève, sans un mot. Il était blême et semblait ne pas comprendre ce qui lui arrivait.

Elle le regarda en silence et se sentit envahie d'un sentiment de culpabilité. Elle l'avait laissé seul à Bucarest pour faire son choix en espérant, sans lui dire, qu'il refuserait de rester là-bas, et il l'avait senti, par le silence qui avait précédé sa réaction. Il avait tout refusé pour elle et Ève se sentait une part de responsabilité dans ce qui arrivait. Elle regrettait d'avoir été un peu laconique, de ne pas lui avoir conseillé de bien réfléchir, de bien tout peser, avant de prendre sa décision. Au lieu de cela elle s'était tue et maintenant elle s'en voulait.

Elle ne pouvait pas s'empêcher de penser à la Roumaine ; avait-elle agi devant un danger qui n'existait pas ?

Elle se tourna vers lui et avant qu'elle ait pu parler, Antoine lui dit :

— Si c'était à refaire, je dirais encore non.

Elle comprit que c'était de sa part une grande preuve d'amour. Bien sûr qu'il avait renoncé pour elle, mais il n'avait pas hésité et il assumait son choix même si son avenir paraissait très sombre.

On était loin de la jalousie mesquine qu'elle avait éprouvée là-bas ; et même si... cela ne comptait pas, elle ne se souvenait plus de ce détail. Plus rien ne comptait que son amour pour lui.

Alors ils s'aimèrent des nuits entières encore et encore jusqu'à n'en pouvoir plus, jusqu'à ce que leurs corps les supplient de pouvoir goûter les béatitudes du repos.

*

Quand ils furent certains qu'aucun aléa de la vie ne pouvait plus dissoudre leur couple, ils acceptèrent d'affronter l'avenir avec son lot d'incertitudes et de mauvaises passes.

Antoine chercherait du travail. Après tout, il n'était pas le premier à changer de patron. Il y avait tellement d'informatique partout. C'était, disait-on, une branche porteuse. Des informaticiens, c'est comme des médecins, il en faudra toujours. Quand tous les autres métiers auront disparu il ne restera que celui-là. C'est ce qu'il entendait dans sa tête et cela, sans toutefois le rassurer vraiment, diminuait son inquiétude.

Il devait en finir avec Casual, il voulait une dernière explication qui ferait table rase de tout. Il fallait faire vite, il s'en sentait la force mais pour combien de temps encore ?

Il l'appela :

— Il faut que je vous voie pour la dernière fois.

— Pour la dernière fois ? Je vous trouve bien prétentieux, jeune homme, d'être aussi affirmatif. Demain à dix heures, place du Trion.

Cette fois, Antoine était bien décidé à lui tenir tête, il n'avait, croyait-il, plus rien à perdre.

Cela ne l'arrangeait pas de monter place du Trion, mais il n'avait pas le choix. L'autre avait raccroché sans lui laisser le temps de répondre. Il arriva en avance puisqu'il était le solliciteur. Il eut été malvenu de faire attendre Casual, cela l'aurait indisposé encore davantage.

Avant d'aller s'asseoir sous l'un des grands marronniers qui font le charme de la place, il fit le tour de la fontaine de Claude. L'eau ne coulait pas en cette saison. Il regarda le fond du bassin où reposaient quelques feuilles transportées par le vent d'automne. Cela sentait la fin de quelque chose.

Ce grand bloc de calcaire blanc que rien ne semblait devoir troubler lui rappela la froideur de celui à qui il allait se heurter

La rencontre fut froide en effet.

— Je sais que c'est vous. Vous n'aimez pas ma compagne, elle ne vous a pourtant rien fait.

— La Lyonnaise , dit-il avec mépris ? Elle vous accapare, c'est déjà trop.

— En quoi cela vous regarde-t-il ? Vous vous mêlez de la vie intime des gens comme si nous étions des marionnettes. Vous n'avez pas le monopole des sentiments. Vous ne contrôlez pas ce que nous nous disons et cela vous rend fou.

Même sans travail, même sans ressources, vous n'arriverez pas à nous séparer.

— J'ai toujours eu le dernier mot, tôt ou tard, car personne ne peut rien contre moi.

Je n'ai pas de consistance, je suis impalpable, j'arrive de l'importe où et je repars aussitôt, comment voulez-vous m'atteindre ? Le vainqueur, quel que soit le domaine, est toujours celui qui est à la fois tenace et insaisissable.

— Mais, vous vous prenez pour Dieu, ma parole !

— Mon cher, ne vous êtes-vous pas rendu compte, depuis le temps que vous me connaissez, que le seul Dieu universel c'est moi ? Et, si ce n'est pas le cas, je lui ressemble fort

Vous pouvez adhérer à n'importe quelle religion, être frappé par la foi tombée du ciel au détour d'un chemin ou l'avoir reçue en héritage de vos parents, cela ne change pas la donne. Tous m'invoquent à demi-mot continuellement, tous me craignent, tous espèrent en moi. N'est-ce pas être Dieu, cela ? C'est quoi, alors ?

Je saute à pieds joints les textes fondateurs de toutes les religions car j'existais bien avant eux. Qu'est-ce que quatre millénaires, pour moi ? Un instant, le temps de dire « ouf ».

Les dinosaures, malgré leur petite cervelle et leurs grandes pattes, l'avaient déjà compris à leur époque et vous, bardé de diplômes, vous en êtes encore à vous poser des questions, à nier l'évidence.

Mais comme tous les génies, je suis un incompris. Je suis contraint à la solitude, la grande solitude au-dessus de la mêlée que je regarde de haut, de trop haut peut-être, mais c'est ainsi. Je suis insaisissable, personne ne sait comment me représenter. Pas de statues, pas de peintures, rien, rien que le vide insondable. On ne peut même pas espérer me rencontrer après la mort. D'ailleurs personne ne l'espère.

On m'attribue tous les bienfaits de la terre, tous les maris heureux ayant un minimum de modestie me remercient tous les jours de les avoir mis en face de celle qui est devenue leur épouse. Ils savent bien qu'il aurait suffi de peu pour passer à côté. Ne suis-je pas un dieu pour eux ?

Mais on m'attribue aussi la plupart des accidents, pour ne pas dire la totalité. Il faut bien que la balance soit équilibrée. Le monde doit être statistiquement équilibré s'il veut tenir dans la durée. Connaissez-vous une divinité aussi bivalente que moi ?

On me redoute, on me craint et on m'aime. N'est-ce pas être Dieu que cela ?

Et vous, les humains, dont le cerveau s'est bizarrement développé, au lieu de ne vénérer que moi, vous êtes allés chercher des idoles étonnantes qui vous poussent à vous entre-tuer pour des fadaises.

Réfléchissez mon jeune ami, je vous appelle « jeune » car cela excuse votre remarque offusquée. Vous verrez que j'ai raison, même si vous refusez de l'admettre pour le moment.

Je peux encore vous sauver mais il faut signer un nouveau contrat.

— Jamais !

Casual n'était pas homme à discuter ni à réitérer sa proposition. Il pensait, par expérience, qu'Antoine finirait par accepter ses conditions. Il suffisait d'attendre en laissant le temps agir.

Le temps est aussi immatériel et insaisissable que moi, pensait-il. La seule différence c'est que contrairement à moi, il va toujours dans le même sens.

Un instant de silence avait suffi pour nuancer dans l'esprit de Casual le mot définitif « jamais » qu'il avait reçu en pleine figure. Il respira profondément et répliqua :

— Des affinités amoureuses, j'en ai tellement vues, elles ont si peu duré, un an ou deux tout au plus, un instant dans la vie d'un homme. Et que de bêtises , que d'erreurs n'a-t-on pas commises pour en arriver là.

On s'est réjoui avec les amis, on a fêté ça, tous faisaient la bise à la compagne lorsqu'ils la rencontraient comme si elle était une amie de toujours, un être indispensable. Comment avait-on pu vivre avant de la connaître ? Puis un an après, aux mêmes amis on avait confié le soulagement d'être à nouveau libre. A partir de ce jour, ils ne faisaient plus la bise à l'ex-compagne qui n'était plus leur amie et qu'ils auraient préféré ne pas avoir connue. Tout cela sans raison valable.

Il y avait chaque fois en quelque sorte deux plaisirs consécutifs : le premier était venu tout seul et avait duré un certain temps, le deuxième, le soulagement, bien plus rapide, on l'avait provoqué.

Cynisme habituel de la vie qui n'affectait pas l'indifférence de Casual. Il en avait tant vu.

Antoine le laissa parler mais il n'écoutait pas comme si tout cela ne lui était pas adressé. L'autre s'en aperçut, cessa son monologue devenu intérieur, lui tourna le dos et s'éloigna d'un pas rapide comme s'il craignait que des témoins étrangers aient entendu ses propos.

*

Antoine, depuis plusieurs mois, passait ses journées à chercher du travail.

Il commença par se présenter à la porte des entreprises. On le reçut courtoisement et on lui dit : « On vous écrira. » Il n'eut jamais de réponse.

Puis il fit des courriers qui ne connurent pas de suite. Il se ruina en timbres.

Enfin il mit Internet à contribution, vaste tonneau sans fond où les messages se perdent dans des boîtes aux lettres que personne n'ouvre jamais.

Il vécut alors la lutte d'un homme seul contre une collectivité inhumaine qui refuse d'admettre que derrière une lettre, il y a quelqu'un de disponible qui a besoin de travailler pour vivre. On froisse la lettre que l'on jette au panier en même temps que l'homme que l'on jette à la rue, mais cela n'apparaît pas, il est réduit à une feuille de papier qui tient moins de place une fois froissée. Ils sont des millions, vous voyez, s'il fallait répondre à tous... on ne ferait que ça.

Il avait des économies, il pourrait tenir quelques mois sans puiser dans les revenus de sa compagne. Cette situation ne durerait pas indéfiniment, pensait-il, car il s'investissait, il n'attendait pas que cela tombe tout cuit. Il finirait par trouver. Il y en a bien d'autres qui trouvent, pourquoi pas lui ? Il comptait sur la chance qui permet de rester optimiste car Casual semblait avoir complètement disparu.

Rien dû au hasard ne s'était produit dans la vie du couple depuis qu'Antoine avait perdu son travail.

Ils habitaient maintenant ensemble dans le petit appartement que Ève avait conservé. Il n'avait pas gardé son propre logement, il n'en avait plus les moyens.

Parfois, quand il rentrait, il trouvait devant lui un spectacle insolite. Ce jour-là il y avait sur la table une assiette de collection en deux morceaux en cours de restauration. C'était une Veuve Perrin. Elle n'était pas arrivée ainsi, hier elle était entière. Ève avait décollé les deux parties qu'une tentative de réparation déjà ancienne avait mal assemblées.

Antoine regarda les beaux dessins sur chaque partie et imagina ce que deviendrait cet objet lorsque sa compagne aurait fait disparaître toute trace de restauration. Alors il se sentit gêné en pensant au mépris qu'il avait eu le jour, déjà lointain, où Ève lui avait annoncé que son métier consistait à recoller des assiettes. Maintenant ces objets cassés étaient le seul revenu du couple et heureusement que des amateurs avertis payaient pour les faire remettre en état.

*

Ils avaient aménagé la maison de campagne, remis le four en état et réparé les deux tours de potier pour qu'elle puisse reprendre son premier métier. Deux sources de revenus ne seraient pas de trop.

A mesure que les semaines passaient, Antoine perdait du courage ; il ne se rasait plus tous les jours, il parlait de moins en moins, il déprimait. Et plus il se négligeait, moins il avait de chances de trouver un emploi.

Il se sentait exclu de la société active comme si ses compétences n'avaient plus aucune valeur ou plutôt comme s'il essayait de ravir la place de quelqu'un de plus jeune. Il avait bien entendu dire autour de lui que la grande majorité des chômeurs étaient en réalité des fainéants qui trouvaient suffisantes les aides dissipées à tout va et ne cherchaient pas plus loin.

« S'ils cherchaient vraiment, ils trouveraient ».

Il avait déjà entendu cette phrase sans y prêter attention, sans chercher à vérifier si elle était vraie ou fausse, à l'époque où tout allait bien, ou tout semblait devoir continuer ainsi indéfiniment, mais cette fois c'était de lui qu'il s'agissait, c'était lui que l'on visait, c'était lui que l'on accusait de profiter des lois mal faites, des lois laxistes, des lois dilapidatrices. Il se sentait catalogué parmi ceux qui épuisent le pays par leur manque de civisme.

Un jour, en sortant d'un bureau où il avait été mal reçu, il marcha longtemps vers une nouvelle adresse qu'il avait retenue. Mais en route il ne se souvenait plus quelle direction prendre. Plusieurs lieux tournaient dans sa tête sans qu'il sût quel était le bon. Il avait pourtant le sentiment d'avoir noté le lieu quelque part, mais il ne trouvait aucun papier sur lui. Il irait quand-même, cela lui reviendrait, il se concentrerait, il trouverait. Mais il tourna en rond longtemps sans même s'en apercevoir et quand il fut au terminus du métro, épuisé, hagard, il en déduisit que ce ne pouvait pas être si loin. Alors il s'assit, il était presque seul et la rame démarra. A chaque station la voiture se remplissait davantage de gens pressés qui avaient certainement un travail, eux. Un plein wagon de travailleurs utiles au pays. En restant assis il ne voyait plus le nom de l'arrêt. Il se mit debout et s'aperçut que le sien était passé, il aurait fallu descendre plus tôt. Il refit à pied le chemin inverse et arriva dans un état qui fit peur à Ève.

Il mit un bon moment pour se remettre et quand il pensa qu'il était à nouveau en état de raisonner il dit à Ève :

— Je crois que je perds la raison.

Ève le consola, le rassura et mit cela sur le compte de la déprime, de la fatigue, du chômage qui s'éternisait, du moins c'est ce qu'elle lui dit, mais dans son for intérieur elle avait constaté des signes de faiblesse qu'elle avait d'abord refusé d'admettre mais qui se répétaient et commençaient à l'inquiéter.

— Puisque je gagne ma vie, pourquoi te mets-tu dans cet état ? Nous tiendrons le temps qu'il faudra. Tôt ou tard la chance tournera, elle finit toujours par tourner. Tu sais, c'est le hasard, le hasard pour tout le monde.

Cette dernière phrase provoqua en lui une angoisse nouvelle car il savait le hasard hostile et ne pouvait pas l'avouer à haute voix. Ève ne savait rien de ce contrat rompu, de ses dettes contractées malgré lui dans l'euphorie de l'argent facilement gagné autrefois. Il n'était pas libre, il avait ce boulet au pied qui l'empêchait de trouver un emploi, comme si cela se lisait sur son visage chaque fois qu'il se présentait quelque part. Il se sentait comme un ancien détenu obligé de montrer son casier judiciaire à chacun de ses futurs employeurs.

Et Ève ne savait rien de ce passé-là. Il lui avait menti par omission, il en avait honte. Le mépris qu'il déversait maintenant sur lui-même n'avait d'égal que son amour pour elle.

Il fallait la mettre au courant, tout lui dire de son passé, mais il devait choisir le bon moment. Il arrangerait les choses un peu à sa façon, il pourrait dire qu'il avait passé un accord tacite avec quelqu'un d'influent qui lui avait trouvé du travail, ce poste de chef de projet dans cette entreprise de services informatiques. Il dirait que cet homme lui avait prêté de l'argent. C'est lui qui l'aurait envoyé en Roumanie et vexé de son refus de continuer là-bas, lui aurait fait perdre son emploi ici. Il ne lui dirait pas que cet homme voulait qu'il la quitte. Il donnerait le moins de détails possible pour que toute cette histoire soit crédible, car là était le danger, qu'elle ne comprenne pas vraiment ou qu'elle reste incrédule. Alors le remède serait encore pire que le mal car Ève, comme tout le monde, croyait au hasard immatériel, c'est même le seul être surnaturel auquel elle croyait.

Il se décida pourtant un jour à évoquer son passé sans nommer pourtant celui qui tirait les ficelles..

Au fur et à mesure que son récit avançait, Ève passait de l'étonnement au doute et de l'incrédulité à une grande inquiétude. Les signes précurseurs déjà constatés avec un peu de crainte étaient maintenant bien vérifiés, ils n'étaient pas passagers, ils n'avaient pas disparu, au contraire, ils avaient vraiment annoncé que son état mental se dégradait et avait besoin de soins.

La réaction qu'il craignait s'était bien produite. Ève était dubitative, cela se voyait sur son visage. Qui croirait une chose pareille ? La voyant inquiète et malheureuse, il cessa de parler du détenteur du contrat.

Cela ne fit que retarder l'échéance.

Il voulait surtout effacer de la mémoire de sa compagne, tout reste d'amertume concernant son séjour à Bucarest. Il revint à la charge, lui affirma que la belle Roumaine avait été placée là par le détenteur du contrat pour qu'il en tombe amoureux, mais il avait très vite compris la manœuvre, il avait fait semblant, jouant la naïveté, et avait ainsi évité le piège.

Loin d'être apaisée, Ève fut déconcertée par ses propos.

Il essayait de justifier un passé dont elle ne lui avait jamais demandé raison.

Était-il revenu de Roumanie parce qu'il l'aimait ou bien pour déjouer un piège hypothétique qui n'existait que dans son esprit tourmenté. Ses troubles psychologiques ne dataient donc pas du jour de son retour, ils avaient commencé bien avant.

Elle le poussa à consulter un spécialiste, mais ce genre de troubles ne se guérit pas en une seule séance et il refusa d'envisager un traitement de longue durée.

Il n'était pas malade, il n'était, disait-il, que découragé.

*

Et le jour arriva où son compte fut vide. C'est le jour que Casual attendait, patiemment, dans l'ombre, sans donner signe de vie, mais attentif aux chiffres des comptes bancaires sans lesquels rien n'est possible.

Antoine reçut un texto laconique comme ceux du temps où tout coulait à flots.

— Demain midi, place Colbert.

Décidément, Casual donnait tous ses rendez-vous au sommet des collines. C'est sans doute la haute opinion qu'il avait de lui-même qui l'empêchait de descendre au niveau des deux fleuves.

Il n'avertit pas Ève, il donna un prétexte, il mangerait un bout dehors en passant. D'ailleurs il n'avait pas faim.

Pourquoi se rendait-il à ce rendez-vous ? Il ne le savait pas lui-même. C'était comme un réflexe, une habitude. Ces rendez-vous étaient si positifs autrefois, ils lui avaient tellement rapporté. Il n'avait rien à perdre puisqu'il avait déjà tout perdu.

Il était un peu en avance. Il regarda les consommateurs attablés sur la place devant le café. Il avait soif. Il aurait aimé faire comme eux, lui aussi, mais ce n'était pas possible, il risquait de devoir se lever avant d'être servi. Casual ne s'attablait jamais.

Il s'assit sur l'un des bancs au fond de la place sous un tilleul.

Tout à coup il le vit, traverser la rue d'un pas décidé devant l'entrée de la cour des Voraces. Il prit la place en diagonale et se dirigea doit sur le tilleul. Il tourna furtivement la tête vers la droite pour s'assurer sans doute que la chaîne des Alpes était toujours visible et une fois rassuré, il alla droit au but.

« Il sort de la cour des Voraces. Que faisait-il là-dedans ? » se demanda Antoine en le voyant arriver. Il savait qu'il n'aurait jamais la réponse et ne posa pas la question. Il se leva de son banc, laissa approcher cette silhouette de décideur devenue inquiétante, toujours impeccable dans son costume bien taillé. Il se tint immobile, attentif comme si un duel devait avoir lieu.

Il n'y eut pas de préambule, pas la moindre salutation, aucun mot qui puisse atténuer l'aspérité des propos qui allaient être échangés.

— Alors, avez-vous réfléchi ?

— Il y a longtemps que je ne réfléchis plus. A quoi bon ?

— Quel pessimisme ! Je dois vous reconnaître un certain courage. Je me demande d'ailleurs s'il s'agit de courage ou d'entêtement la limite n'est pas toujours bien définie. Il y a des gens comme ça, ils sont calés sur une idée et n'en démordent pas. Mais admettons que ce soit du courage pour ne pas vous vexer inutilement.

Il dit cela d'un ton neutre sans agressivité mais sans douceur non plus. Cela ne lui ressemblait pas, lui, qui avait été toujours cassant.

Voyant qu' Antoine ne répondait pas il s'adoucit encore davantage et devint presque amical.

— Aimeriez-vous revoir votre belle Roumaine ? Elle arrive demain pour un séminaire de trois jours. Je peux arranger ça.

A ce moment, Antoine fut totalement persuadé qu'elle était bien la demi-sœur de Birgit. Tout n'avait donc été que mensonge et cupidité.

Il avait dit « votre Roumaine » comme si elle avait appartenu à Antoine et qu'elle lui appartenait encore un peu. Il avait tellement l'habitude de côtoyer des hommes qui se sentent propriétaires et il avait si peu fréquenté l'amour.

C'était donc la dernière tentative de Casual. Il ne renonçait pas. N'ayant pas pu le compromettre à Bucarest, il tentait une dernière fois ici. C'était le coup de la dernière chance.

Antoine le regarda fixement sans mot dire.

Cette fois, pensa Casual, il est en position de faiblesse, il va céder, je l'aurai.

— Il sera facile de trouver une excuse, votre Lyonnaise d'en saura rien.

Que lui proposait-il là ? La première entorse à la confiance qu'Eve avait en lui, le premier coup de canif qu'il aurait porté lui-même à son couple ?

Casual n'eut pas la réponse escomptée.

— C'est tout ce que vous aviez à me dire ?

Casual déconcerté fit un geste brusque que l'on pouvait interpréter comme on voulait.

« Sa Lyonnaise l'a envoûté, je n'en tirerai rien. », pensa-t-il

Il venait de jeter sa dernière écume.

Antoine lui tourna le dos, quitta la place Colbert, prit l'escalier et s'éloigna par la montée Saint Sébastien.

Il refusa d'avoir une pensée pour cette Roumaine qui avait presque partagé sa vie pendant trois mois car le visage d'Ève lui serait immédiatement apparu accompagné d'un sentiment de culpabilité. Pour lui, elle restait associée d'une manière ou d'une autre à l'organisation.

Elle n'était pourtant pour rien dans le complot qui s'était tissé autour d'elle et dont elle avait été à son insu la pièce maîtresse mais dans la tête d'Antoine tout n'était pas si simple et il s'en voulait d'avoir joué avec le feu . Il aurait peut-être suffi, pensait-il, d'un jour de plus pour qu'il se brûle. Pour qu'il se brûle avec la fille de Casual ?

Antoine ne revit plus Casual. Peut-être avait-il confié le dossier « Antoine » à l'un de ses sbires, c'est possible, car les organismes obsédés du renseignement ne détruisent jamais leurs fiches. Tout est classé quelque part, tout peut un jour ressortir et servir de nouveau.

Il rentra à la maison, troublé, hagard, sans aucun détour mais d'un pas hésitant.

Ève s'aperçut tout de suite qu'un événement nouveau venait de se produire et qu'il n'allait pas dans le bon sens.

— As-tu vu quelqu'un ? demanda-t-elle.

Il ne répondit pas comme s'il cherchait les mots pour commencer une phrase difficile à prononcer. Puis d'un coup les mots sortirent, incontrôlables, rapides, bien alignés, prononcés d'une voix monocorde :

— J'ai vu Casual, il m'avait donné rendez-vous.

C'était l'aveu, l'aveu qui ne pouvait pas être interprété que comme un premier signe de démence.

— Qui est Casual ?

— C'est l'homme de main du hasard, c'est lui le responsable. Il me poursuit depuis des années parce qu'un jour j'ai accepté son aide. Je n'ai pas pu le rembourser, il a refusé d'oublier ma dette. Je ne m'en sortirai pas. J'en suis certain maintenant, je suis condamné.

Ève le regardait, de plus en plus inquiète. Elle allait lui poser d'autres questions, lui demander d'être plus clair, de lui donner des détails, mais après une brève respiration il enchaîna :

— Réponds-moi, Ève, promets-moi de me dire la vérité. T'a-t-il approché d'une façon ou d'une autre ? As-tu, toi aussi signé un pacte avec lui ? Lui as-tu désobéi comme moi ? Est-ce pour cela qu'il nous en veut ?

Ève ne chercha pas à comprendre ce qu'il voulait dire. Elle lui prit le bras et le mena vers le fauteuil.

Pour elle, comme pour tout le monde, le hasard était une sorte de fluide, un éther dans lequel nous vivons tous sans pouvoir le contrôler ni même communiquer avec lui. Il n'en faisait qu'à sa tête et il fallait accepter ses caprices sans se révolter car c'était totalement inutile. Elle se souvenait que dans son entourage, certains affirmaient même qu'il n'existait pas. Antoine ne pouvait donc pas avoir rencontré son représentant.

— Repose-toi. Cela te fera du bien. Tu n'a rien de spécial à faire maintenant.

Antoine sentait ses paupières devenir lourdes depuis un long moment déjà. Il s'assit doucement sur la banquette, tout était devenu si lourd... Ce qu'il venait de dire à Ève ne l'avait pas soulagé

Alors il ferma les yeux et s'endormit aussitôt.

Dès qu'elle fut certaine qu'il dormait, Ève pleura.

*

La dernière entrevue avec Casual avait fini d'ébranler l'état mental d'Antoine. Il n'était pratiquement jamais bien. Il restait parfois debout au milieu de la cuisine, l'air indécis comme s'il hésitait entre deux choses à faire, aussi importantes l'une que l'autre, sans savoir par laquelle commencer. La nuit, il se levait, tournait en rond dans l'atelier comme s'il cherchait quelque chose qui lui était nécessaire et qu'il ne trouvait pas. Il ne touchait à rien et finissait par se recoucher comme s'il avait trouvé ce qu'il cherchait, mais il ne dormait plus jusqu'au matin.

Cela tombait mal car Ève devait s'absenter pour une semaine. Elle s'était fait une notoriété en publiant quelques articles dans des revues d'art spécialisées dans les faïences anciennes. Depuis quelque temps, les antiquaires la consultaient, lui demandaient parfois son avis sur des pièces photographiées par eux et envoyées par courrier électronique. Une amie à elle, devenue éditrice d'art, lui avait proposé de se joindre à une équipe qui préparait un ouvrage.

Elle avait tout regroupé, les journées du congrès des céramiques antiques, une expertise chez un antiquaire spécialisé et la mise en page du livre d'art auquel elle avait accepté de contribuer.

Elle partit inquiète mais heureuse de faire autre chose, de voir d'autres personnes, de changer ses habitudes pendant quelques jours. Elle appellerait Antoine chaque soir pour se rassurer.

Le premier jour, son intervention sur une technique personnelle de contrôle de la cuisson fut très appréciée. Il y eut des questions après l'exposé.

Lorsqu'on s'arrêta pour la pose déjeuner, un homme vint la trouver. Il avait été le premier à demander la parole pour obtenir d'autres détails. Sa question était pertinente. Il avait l'air très compétent bien que Ève ne l'ait jamais vu auparavant.

Il l'invita à déjeuner, pour continuer à dialoguer, dit-il.

A table, le début de leur conversation fut très technique. Ils parlèrent de cuisson, d'identification d'objets anciens, de combinaison d'oxydes, lui aussi avait des idées, des techniques personnelles, qu'il exposa avec conviction en lui demandant une fois ou deux son avis. Ils n'étaient pas toujours d'accord sur le résultat à long terme de telle ou telle combinaison chimique, alors il essayait d'avoir raison en invoquant sa seule intuition pour tout argument. Puis peu à peu le ton devint plus personnel à mesure qu'il la regardait davantage. Il parlait moins de ses projets, demandait souvent ce qu'elle pensait faire, quelles étaient ses ambitions esthétiques, quelles couleurs elle privilégiait, si elle avait vraiment trouvé un style nouveau pour ses poteries. Si les formes qu'elle créait et les tons qu'elle employait étaient le reflet de son caractère intime. En fait, il semblait s'intéresser à elle non plus comme experte mais comme femme.

Ève aimait qu'on la trouve belle, elle le voyait dans le regard des hommes. Il n'était pas nécessaire qu'ils prononcent des phrases vieilles comme le monde épuisées d'avoir tant servi. Celui-là, elle le voyait venir, elle lisait dans ses pensées et cela l'amusait, lui faisait du bien, elle y trouvait un plaisir caché mais certain. C'était comme un sorbet suivi d'un bon café.

Après tous ces mois passés dans l'angoisse, converser avec un homme en pleine possession de ses moyens lui changeait les idées, cela la détendait, lui remontait le moral. Elle avait l'impression que la bonne humeur de cet homme se déversait un peu sur elle et cela la soulageait. Elle sentait même, sans se l'avouer, un léger frisson qui la caressait, comme si certains des mots qu'il prononçait s'étaient glissés entre sa robe et sa peau. Mais sa robe n'était pas transparente, il ne pouvait pas savoir si les mots avaient de l'effet.

Elle l'écoutait parler, répondait à ses questions, prévoyait la réplique qui suivait chaque réponse et éprouvait une satisfaction tout intérieure à comprendre d'avance quel était le cheminement de cet homme qui lui faisait la cour. C'était comme si elle avait dirigé elle-même tout le processus de séduction sans toutefois en connaître d'avance les détails.

Au début cela l'amusait mais elle était très attentive à ne pas le montrer. Elle ne souriait pas comme quelqu'un qui voit dans le jeu de l'autre mais voulait laisser croire que le procédé était efficace et lui procurait un plaisir encore mal défini.

Cela l'encourageait, lui, à continuer dans le même sens. C'est ainsi qu'il fallait faire avec ce genre de femme, pensait-il, car il n'était pas débutant.

Il avait bien compris qu'elle n'était pas de celles qui aiment qu'on leur en mette plein la vue, de celles qu'on écrase sous un flot de phrases définitives, de celles qui cèdent rapidement en pensant qu'il est inutile de lutter contre la force phénoménale qui se présente devant elles puisque de toute façon elles finiront par dire oui. C'était tout le contraire, il l'avait compris de suite. Alors, lorsqu'il parlait de lui, il entrecoupait souvent son discours pour lui demander son avis, voyait-elle les choses autrement ? comme s'il avait eu besoin de son aval pour continuer.

Ève était maintenant non pas encore sous le charme de cet homme mais déjà sous l'emprise de sa conversation. A cet instant elle ne contrôlait plus le processus de séduction qui se déroulait devant elle parce que les mots qu'elle entendait la ramenaient vers d'autres hommes dont elle évoquait rarement le souvenir mais qui subitement refaisaient surface. Elle voyait passer devant ses yeux les élans, les pulsions qu'ils avaient provoqués et cela lui procurait une certaine jouissance. Pendant quelques instants, elle n'était plus assise à une table de restaurant en face d'un homme qui la voulait.

Elle était transportée ailleurs, dans son passé qui avait pris fin le jour où elle avait connu Antoine, un passé terminé mais non effacé.

Allait-elle basculer à force de rêver ?

Elle revint au présent et regarda sa montre.

L'heure approchait de retourner au congrès.

Il voulut payer l'addition. Elle refusa.

— Pourquoi ne voulez-vous pas ?

— C'est parce que j'ai des principes.

Elle lui sourit en disant cela, pour en adoucir la rigueur.

— Certains principes sont faits pour être outrepassés.

Elle savait que c'était vrai, que cela lui était déjà arrivé, mais elle ne céda pas, toujours en souriant. Elle ne lui devait rien et se sentait libre de le revoir encore, demain peut-être ? Le déjeuner avait été si agréable.

Ils étaient maintenant sur le trottoir, attendaient le feu pour traverser quand il lui dit :

— Que puis-je faire pour remercier le hasard de vous avoir connue ?

Il venait de prononcer un mot de trop, un mot interdit, le mot qui minait son couple avec Antoine, le mot qui allait ruiner tous ses espoirs de cet homme. A cet instant, il ne se doutait pas que plus rien n'était possible, que le jeu était terminé. Il suffit parfois seulement d'un mot pour mettre fin à un processus qui paraissait imparable.

Ève fut sauvée par le feu qui passa au vert. Elle ne répondit pas. Elle pensa brusquement à Antoine. Avait-elle envie que quelqu'un remercie le hasard ? Même si elle ne croyait pas en son pouvoir maléfique, la phrase lui fit mal et immédiatement elle se ressaisit. Cet homme ne représentait rien pour elle. Elle ne serait pas à lui.

A travers lui, c'est son passé qui pendant un instant l'avait transportée ailleurs, loin de ses soucis. Elle ne le reverrait pas.

Ils se dépêchaient maintenant, sans parler, car l'heure était passée.

Il tournait souvent son visage vers elle comme pour attendre une réponse mais elle regardait toujours droit devant et allongeait le pas.

Elle assista à la dernière séance du congrès mais quitta la salle la première.

Une fois toutes les autres obligations terminées elle reprit le train et rentra.

Dans le train elle se rappela les phrases de cet homme dont le visage s'estompait déjà, elle l'avait si peu regardé. Seuls les mots qu'il avait prononcés lui avaient fait du bien pendant la durée d'un déjeuner.

*

Elle trouva Antoine prostré comme si une autre calamité s'était encore produite pendant son absence. Mais il affirma que non, rien, rien de nouveau. Il avait très peu mangé, tout était encore dans le réfrigérateur, il n'avait pas eu faim, c'est tout. Il avait regardé ou plutôt subi la télévision à longueur de journée. Il n'avait envie de rien, aucune envie, plus rien. Il ne pouvait que subir des images qu'il ne regardait même pas vraiment. C'est à peine s'il demanda à Ève comment la semaine s'était passée. Il ne se souvenait plus qu'elle l'avait appelé tous les soirs.

Cette fois il y avait urgence. Dès le lendemain, Ève fit les démarches, elle téléphona, prit rendez-vous. Le plus tôt possible, dit-elle.

Elle le persuada, ce ne fut pas facile car il prétendait que tout allait bien et n'avoir besoin de rien. Elle l'accompagna ou plutôt elle l'amena pour un simple examen de routine.

— Cela ne peut pas te faire de mal, une visite de contrôle , lui dit-elle.

Il se laissa convaincre. Ce devait être l'affaire d'une demi-journée. On le garda.

.

12

Lorsque Ève alla le chercher à l'hôpital pour le ramener à la campagne, il semblait aller tout à fait bien.

— Ce n'était rien, lui dit-il, ils m'ont rassuré.

Il ne souvenait pas d'avoir fait un long séjour dans le service. Il était persuadé qu'il était venu une heure avant pour un simple examen qui s'était bien terminé.

Il n'y avait plus de blessure dans le cœur d'Antoine, seulement le contrecoup des tentatives répétées de Casual pour détruire son amour pour Ève et qu'il avait réussi à préserver au prix de sa santé mentale, car tout se paye.

Il ne parla pas pendant le trajet comme s'il avait besoin de s'isoler, de se concentrer, pour récupérer après un effort soutenu et ramener à la surface les souvenirs qui avaient plongé avec lui au fond de l'abîme. Il émergeait d'un immense trou de mémoire.

Lorsque la voiture s'arrêta il dit en souriant : « Nous voilà arrivés. » Mais était-ce simplement le fait de ne plus rouler qui lui avait suggéré cette remarque ?

Tout était encore flou dans sa tête, il se sentait déjà chez lui sans reconnaître vraiment les murs, mais quelque chose lui disait qu'il était en milieu ami et même qu'il était attendu.

Il marcha jusqu'à la maison et regarda la façade comme s'il la voyait pour la première fois ; rapidement, après une brève hésitation, il reconnut les volets des fenêtres qu'il avait lui-même repeints. C'est la couleur qui provoqua le premier déclic. Il fit quelques pas dans le jardin, reconnut aussi les massifs d'hortensias et l'althéa au milieu de la pelouse. Sa mémoire lui revenait.

— Nous voilà chez nous, dit-il. Et son pas devint plus assuré en s'avançant vers la porte.

Il constata que le tas de bois sec pour alimenter le four de potier avait bien diminué. Depuis combien de temps n'avait-il pas coupé du bois ? Hier ? Non pas hier. Il ne se souvenait plus. Il faudrait en couper aujourd'hui même. Il devait se rendre utile. Maintenant, peu à peu, la mémoire lui revenait, il n'hésitait plus. Ils formaient bien un couple de potiers ? C'était leur métier ? Des artistes, ils étaient des artistes. Dès demain, il préparerait de nouveau la terre de potier, la tamiserait, la mélangerait aux oxydes colorants et lorsque sa compagne aurait transformé ces tas informes d'argile en des vases magnifiques, il allumerait le four avec les bois bien secs mis depuis longtemps à l'abri de la pluie et il surveillerait la cuisson.

Puis lorsque les chef-d'œuvre sortiraient du feu, il les regarderait avec admiration comme si Ève venait, une fois de plus, de lui donner des enfants.

La vie allait reprendre à sa juste mesure, avec les valeurs que chacun porte en soi et qu'il ne faut pas brader. Il ne demandait rien, n'avait besoin de rien.

Il lui restait l'amour d'Ève ce trésor inépuisable qui, à lui seul, peut ramener le goût à la vie au plus désespéré.

Ève ne crut jamais que Casual avait existé. Son compagnon était momentanément guéri. Cela lui suffisait-il ? Elle s'en contenterait. Ils travailleraient ensemble et vivraient du fruit de leur labeur sans chercher plus loin.

Elle n'était pas femme à passer dix-sept minutes par jour à se maquiller les yeux, elle n'avait pas les doigts encombrés de bagues, elle n'avait pas les ongles des orteils peints en bleu. A quarante ans, elle venait de découvrir sa première ride, cela la chagrina un peu et pourtant si elle avait su ce qu'en pensent les hommes elle aurait pris la chose comme un atout supplémentaire : l'expérience de la vraie vie qui ne s'acquiert que lentement. Elle rayonnait de l'intérieur un charme qui fascinait Antoine et qui aurait envoûté tout homme tenté de l'approcher de près. Certains avaient essayé sans succès, déçus, sans comprendre pourquoi ils n'avaient pas réussi. Ceux-là ne se doutaient pas qu'il faut avoir beaucoup à offrir pour se faire aimer par une femme qui découvre sa première ride.

Partagée entre son métier de potier et celui de restauratrice, elle était devenue experte en faïences anciennes et travaillait parfois pour les musées.

*

Quand Casual fut persuadé qu'Antoine ne lui serait plus d'aucun secours et n'était plus en état de lui rendre le moindre service, il fit le bilan et constata que l'énergie dépensée pour le maintenir, tant bien que mal, en état d'être appelé était loin d'être rentable. Il fit preuve de pragmatisme et mit fin au pacte qu'il avait lui-même élaboré. C'était la première fois. Il en fut tout retourné. Comment un homme en apparence si fragile avait-il pu ainsi résister ? C'était la faute à Karen Fleming, pensa-t-il, elle l'avait transformé, en avait fait un autre. Il avait eu tort de la mettre dans le circuit, cette milliardaire, il avait utilisé une reine en croyant se servir d'une pionne. La faille était là. Les femmes c'était son point faible. Il les sous-estimait un peu trop.

Il envisagea un instant de séduire la Lyonnaise, de lui proposer aussi un contrat qui l'entraînerait dans le tourbillon de la folie, mais il y renonça car, avec Ève, le succès était moins qu'incertain. Tenta-t-il une dernière démarche, profitant de l'ambiance favorable du fameux congrès pour lui présenter, sans succès, un homme qu'il voulait favoriser ? Était-ce sa nouvelle recrue ? Qui pourrait le dire ? Ève ne se douta pas qu'elle était passée au bord du filet de Casual et Antoine n'était pas là pour flairer le danger et la mettre en garde.

En laissant le couple vivre sa vie dans l'apaisement sans le maltraiter davantage Casual aurait plus de temps pour s'occuper ailleurs. Il avait été vindicatif mais il n'était pas sadique. Il respectait ceux qui osaient lui résister et dans son for intérieur il les enviait un peu.

Il se souvint tout à coup du serment qu'il avait prononcé lors de la création du monde et qu'il n'avait pas toujours respecté : le serment de neutralité absolue que le hasard est censé respecter. Mais c'était une neutralité moyenne, une neutralité statistique à l'échelle du monde, elle ne s'appliquait pas au cas par cas. On était bien d'accord là-dessus au départ.

Le hasard comprit ce jour-là qu'il n'était pas le Dieu unique qu'il avait imaginé être. Il était bien le grand superviseur de tout ce qui bouge sur Terre, et sans doute ailleurs, mais parallèlement, les hommes avaient inventé l'amour. Et cette construction humaine prévue pour être vécue humblement deux à deux, avait pris une telle ampleur, un tel pouvoir à l'échelle planétaire, qu'elle faisait maintenant de l'ombre au hasard.

Les pouvoirs dont disposait le hasard sur la matière n'affectaient donc pas l'amour qui n'était pas fait de substance palpable. C'est un sentiment insaisissable qui prend ses racines au plus profond de nos gênes et que personne n'a jamais pu contrôler.

Casual se rendit à l'évidence mais refusa de l'avouer devant ses subordonnés pour qu'ils gardent leurs prétentions et leur morgue. Ainsi dans les détails de la vie, ils auraient encore leur mot à dire pour ou contre les humains, comme les malfrats des grandes métropoles tiennent certains coins de quartier, mais leur pouvoir n'était plus infini.

Il accepta sa défaite terrestre avec sérénité car il savait qu'au delà de la petite boule habitée par les humains il y avait tout l'univers étoilé dont le comportement déroutait tant les hommes et ceux-ci, en fin de compte, faisaient toujours appel à lui pour cacher leur incompréhension.